여자는 이유 없이
여행을 떠나지 않는다

여자는 이유 없이
여행을 떠나지 않는다

글·사진 **허미경**

다반

떠나보면

길을 떠난다는 것은 두려움에 맞서는 것이다.

안개가 자욱한 저 너머에 어떤 정류장이 있을지

떠나는 이는 다가오는 풍경을 온몸으로 받을 수 있어야 한다.

길은 혼자 서있는 나무와 혼자서 자라난 풀과

혼자서 뒹구는 돌들의 정원이다.

혼자 날아다니는 나비와 혼자 집을 짓는 거미와

혼자서 길을 가는 내가 있다.

우리는 모두가 혼자.

홀로 서는 것에 익숙한 우리는 길에 놓인 낯익은 아픔들이다.

나는 때때로 홀로 서있는 나무에 기대어 쉬고

혼자서 자라난 풀에게 악수를 청하고

혼자 뒹구는 돌에게 시선을 나누어준다.

미처 깨닫지 못한 정다움으로 너나없이 햇살 아래 따뜻한 풍경이

된다.

아 그랬었지.

모두가 혼자였지.

다만 나는 너에게, 너는 나에게 다가가

집이고 가족이고 친구가 되어주는 거였지.

길에서 만나는 낯선 사람들,

나도 그들에게는 낯선 사람.

하지만 내가 다가서는 것을 웃음으로 반기고

내가 떠나는 것을 눈물로 아쉬워하는 이들에게서

나는 가족이 되었다.

나는 사랑하는 사람이 되었다.

길에 서서,

나는 혼자지만 홀로 선 그들과 만나면

너와 나는 우리가 되고

우리는 시간으로 이어지는 이야기가 된다.

함께하는 이야기는 외롭지 않다.

그래서 나는 길 위에 선다.

떠난 길이 한 뼘도 없는 벼랑 끝일지라도

벼랑 끝에 자라난 풀 한 포기에게

마음 나누는 친구가 되기로 한다.

그것이 나의 이야기이고

내가 만나는 시간이기에

나는 보이지 않는 길일지라도 마다하지 않고 떠난다.

길에 서서,

맞이하는 두려움은 내가 살아갈 이야기의 아름다운 전주곡이다.

지금 이 순간에도 두려움이 함께한다면

그것은 기쁜 내 이야기의 시작인 것이다.

두려움이 없다면 이야기는 만들어지지 않는다.

여자는 희생이라는

큰 정원을 영원히 탐험한다

그립게 두다

모든 만남은 익숙해지기 위한 것일 게다.

익숙해져 떨림이 사라질지라도

기다림으로 영영 놔둘 바에야

한 번이라도 만난 후

그리움으로 두는 게 낫겠다.

그대,

새로움을 찾아 떠나는 것을 반복하고 있다면

세상에 익숙해지기 위한 거겠다.

그대를 그렇게 두고픈 거겠다.

끌어당기는 것에 끌려가는 일은

이미 정해진 약속을 지키는 것이다.

태어나지 않았을 때부터 예정된 시간인 것.

운명이라 불리고 하늘이 허락한 일이기도 하다.

누구를 만나는가, 무엇을 하는가, 어디를 가는가.

이유 없이 끌려간다면 인연인 것이다.

약속된 만남이라는 것.

나를 만나라
....

가끔은 나를 혼자이게 하라.

수많은 너로부터 혼자 두어라.

어느 누구와도 섞이지 않게 하라.

따라오는 그림자도 떼어내라.

철저한 혼자가 되어라.

보이지 않는 나는 오롯이 혼자일 때만 내게 온다.

그녀는 매우 가벼워서 미동에도 쉬이 흩어지고, 숨고, 사라지기 일 쑤다.

눈에 보이지도 만져지지도 소리도 없을 정도로 투명한 존재이다.

그런 나를 만나고 싶거든 혼자를 시도하라.

아무도 몰라야 진정한 내가 나에게로 오는 것이다.

같이 있어도 혼자의 시간을 가져라.

그곳에 찾아오는 나를 반겨라.

오지 못해 종종거리는 나를 저만치 두지 마라.

딱 한 번 유일하다, 지금 여기서 나를 만나는 일이란.

그곳의 유일한 나는 여자도 남자도 아니다.

그저 바람이고, 하늘이고, 물결이다.

하지만 알아볼 수 있다.

그 모습이 어떨지라도 내가 나를 알아보는 것은

눈 깜빡임보다 쉽다.

애타게 기다려 온 나를 내가 발견하게 되는 것.

만나본 사람은 다 아는 그런 얘기를 내가 좀 하는 것이다.

나를 만나면 무슨 말부터 할까 걱정하지 마라.

아무도 없는 곳에서 나와 나는 아주 급속히 친해질 테니.

울림

내 안의 내가 나와 뒤통수를 치며 정신 차리라고 해줍니다.

사람은 누구를 만나느냐에 따라 달라집니다.
친구가 소중한 이유와 사람이 무서운 이유는 그렇게 명백합니다.

손은 아무나와 잡지 않도록 합니다.
한 번 잡으면 놓기가 힘들어지니 평생 누구와 손잡을지 신중해야
합니다.

내가 만나는 나를 잘 살피시길 바랍니다.
어떻게 다가오는지,
무엇을 원하는지,
소중한 친구가 될 수 있는지,

무서운 사람인지.

궁금하시죠.

그렇다면 내가 누구인지 골똘히 바라보세요.

내 안에 다양한 사람 중 누구를 깨워 만나야 할지를…

나는 천 가지의 사람이고,

온갖 세상을 담고 있습니다.

때문에 내가 제일 의문스럽고 알 길이 없습니다.

나는 언제든지 나의 군중을 이끌 수 있고

나는 얼마든지 나의 군중을 속일 수 있답니다.

오늘은,

지금은,

내 속에서 누가 걸어 나올까.

그것이 가장 궁금하고 기다려집니다.

고장 난 수도꼭지처럼

도저히 상상할 수 없는 외로움을

아무도 모르게 우걱우걱 삼키다가

그걸 굳이 아무것도 아니라며 외면하며 살다가

어느 순간 의미 없는 영화를 보다가

책을 읽다가

길을 걷다가

숨을 쉬다가

공기가 몽땅 뜨겁게 바뀌면서

축축하게 흘러내릴 때가 있다.

무방비 상태에서 터져버린 감정은

고장 난 수도꼭지처럼

잠가도 잠가도 흐르기만 한다.

헤매는 시간을 위한 제안
....

헤매는 시간에는 문을 열고 걸어간 길에서 다른 때보다 천천히 오래 걷게 돼요.

처음 보는 숲에서 한 번도 보지 못한 꽃을 찾게 되고, 살기 위해 모르는 어떤 음식이라도 먹게 되고, 사람들이 수없이 누웠던 퀴퀴한 침대에 누워 불안과 피로에 눌리게도 되죠. 어떤 이는 안전하지도 아늑하지도 않는 어둠 속에서의 공간을 벗어나 빛나는 거리 어디쯤에서 나른한 희열을 맛보고 그것에 서서히 중독되어 가요. 평소와는 다른 긴 숨을 들이쉬고 뱉다가 두 팔을 벌려 하늘로 비스듬히 올리고 서슴없이 빙글빙글 돌고 돌기도 하지요. 아무 데나 노숙자처럼 앉아서 배시시 웃는 것으로 자유영혼이 되었음을 과시하기도 해요. 내가 사는 곳에서는 창피해서 할 수 없던 행동을 용기 따위도 갖지 않고 펼쳐 보여요.

여행은 그런 거죠. 모르는 사람 천국이어서 어떻게 입든 무엇을 하든 신경 쓰지 않아요. 거리에서 누워 있든, 잠을 자든 예술행위 같아 보이지요. 연인과 키스를 하든 끌어안고 춤을 추든 그 자체가 아름답지요. 내가 삶의 주인공인 걸 격하게 느끼고 무엇을 하든지 나로서 나다워요. 남의 시선을 의식하지 않아도 되니 그것만으로도 홀가분하지요.

삶이 감추고 있는 것을, 시간이 숨겨둔 것을 찾아낼 때마다 때로는 기겁하고 때로는 눈물 나게 고맙고. 아무것도 모르는 나를 익숙하지만 낯설게 지나가는 세상이에요. 계절이 오가듯이. 보이지 않는 것과 가지 않은 곳, 만나지 않은 사람과 느끼지 못한 여타의 감정을 나는 그렇게 길에서 만나요.

일상은 코르셋을 입은 것처럼 조이고 답답하잖아요. 오히려 헤매게 될 때는 양말을 신지 않고 영혼을 흐느적이며 질감이 그대로 느껴지는 모래 위를 걸어보는 거예요. 양말과 신발에 싸여 어딘가에 올라선 기분이 아니라 세상에 고스란히 닿는 편안함을 만끽하는 거예요. 그리 놀랍지 않은 것을 지금껏 못 하고 살았다면 틀에 갇혀 지냈던 겁니다.
천 권의 책을 읽어도 알 길 없던 어떤 깨우침이 걷는 어느 길가에 펼쳐져 있네요. 몇십 년 동안 읽은 책을 한 번에 압축해서 맛본 느낌이랄까. 그걸 또박또박 옮길 수 있다는 게 무모하지만 아주 뜻밖의 느낌이라는 것은 다른 누구와도 비슷하지 싶어요. 그러니 헤매는 시간에는 좀 더 적극적으로 천천히 걸어도 좋을 거예요.

밀린 것들의 꿈틀거림

밀린 날들
밀린 사랑
밀린 일

하지 않아서
좀처럼 엄두가 나지 않아서
막연하지만 안 하면 안 될 것 같은
탑처럼 쌓인
짐처럼 무겁게만 느껴지는 것들이 있다.

좀 하고 살아야지.
도무지 근질대고, 찌뿌둥하고, 갑갑한 무언가 목에 걸린 것 같다.
제쳐두지 말고
외면하지 말고
그것들로 부대끼는 마음이면
내게 단비를 내려주자.

아, 그래도 좀처럼 쉽지가 않다.

나는 여전히 망설이고 있다.

마른 날이라 더 뜨겁기만 하다.

간절하게 맥주를 들이켜고 싶지만 뜻대로 되지 않는다.

밀린 것들이란

분명 읽어야 할 묵은 신문이 쌓이듯

마음 창고에 무겁게 가득한 것들인데…

몸이,

몸이 따라주질 않는다.

I see you

너를 바라본다는 게 얼마나 아름다운 일인가.
오로지 너를 알아보기 위해 태어났고
너만 바라보며 살다가
이 세상 떠날 때도 너를 마음으로
데려갈 수 있으니.
한 사람, 단 한 사람
너만을 바라본다는 게 꿈보다 꿈같아라.

너에게 닿아 있는 내가 눈물이던가.
첫 만남아
첫 느낌아
첫 사람아
긴긴 하루하루 같아라.
아무도 안 보이고 오직 그대만 보이는.

빠져들기
....

깊은 곳에 닿을 때까지는 절대 한눈을 팔면 안 된다.
무언가가 불러도 원래 몰입하던 것에 집중해야 한다.
저 깊은 곳에 닿는 게 만만치가 않다.
닿아보시 않으면 평생 닿을 수 없지만
닿아보면 몇 번이고 닿기를 시도하게 되는
빠.져.들.기.

우리가 아는 사랑, 그것은 깊은 곳에 빠지는 시늉에 불과하다. 막
빠져들기 시작한 단계를 사랑이라 부르는 것만큼 사랑을 우습게 만
드는 것도 없다. 경험으로 봐서 깊은 사랑에 닿을 준비가 되는 시기
는 사랑이 시시해지기 시작할 때부터다. 사랑이 지루해질 무렵 사
랑을 헤아리고 싶어지더라.

단순히 좋은, 순간만 좋은 감정은 곧 바람에 사라질 것들이다. 사랑
은 단순하지 않고, 순간적이지도 않다. 바람에 쉽게 흩어지지도 않
는다. 지금 사랑하는 사람이 약속을 안 지켜서 못마땅하고, 무능력
해서 싫다면 그냥 좋아하지 않아도 상관없는 감정을 사랑이라는 울

타리에 가두고 있는 셈이다. 바람에 날아가게 두어야 할 것을 잡고 있는 것이다. 사랑이 아닌 걸로 아프지 말자. 생을 낭비하지 말자. 사랑은 거대한 세상을 뚫고 지나 상대의 영혼을 찾아 만나는 고난의 여정이다. 일종의 확률이 희박한 인연이다. 진지해져야 하는 것은 물론 성품도 온화하게 다져야만 한다. 미칠 듯이 견뎌내야 한다. 온전하지만 온전하지 않아야 진짜 사랑을 알아볼 수 있다.

나라는 사람은 사랑을 깨닫는 데 평생이 걸렸고 아직도 느끼지 못한 사랑에 빠져드는 중이다. 사랑의 정의를 온 생애를 바쳐 다시 배우는 중이다. 그전까지 알던 사랑은 사랑을 모를 때의 애송이 사랑이었던 것. 사랑은 '좋다', '싫다'로 구분할 수 있는 얄팍한 감정이 아니지 않던가. 나도 처음엔 사랑을 단순 좋았던 감정으로 시작했으나 미친 오기 같은 것이 발동을 했다. 꼭 사랑다운 사랑을 하고야 말리라. 좋아 미치는 단계를 끝내고 어떤 의리 같은 연결고리를 붙들고 있는 게 사랑이 아닌 것 같았다. 그렇담, 그게 과연 무엇이란 말인가. 알려주는 사람도 없고 물어볼 사람도 없다. 내 주변의 사랑은 나의 상식으로는 온전해 보이지 않을 때가 많았다. 온전하지 않은 것더러 사랑이라고 우기는 사람들이 있다면 그건 그들의 문제다. 나는 남들과는 다르게 진정한 사랑에 대한 도전의식을 가진 것일 수 있다. 제정신이 아니니 파헤치기로 한 것인지도. 신기하게 사랑은 파헤치면 파헤칠수록 어떤 학문도 아닌 것이 점점 그 깊이를 더해갔다. 알듯 말듯 혼란스럽고, 중도에 포기하고 싶고, 내가 원하는 그런 사랑은 없을 수 있겠다는 생각이 밀려들기도 했다. 그렇더라도 포기하고 싶은 마음이 들기 전까지는 계속 밀고 가는 수밖에 방법이 없다. 포기가 안 되니 사랑 그것에 목숨 한 번 제대로 걸어본다. 내가 한 사람을 평생 사랑할 수 있을까, 그건 내가 사랑하는 사람의 문제가 아니고 나의 문제다. 사랑은 너 때문에가 아닌 나 때문이란 말을 하기에 이르렀다. 사랑하는 사람에 대한 공감이 부족하면 나에겐 더 이상 특별하지 않은 사람이 되는 거다. 내가 공감하지 않아서 사랑을 잃는 것이다.

죽을 때까지 사랑에 빠져들어 보기로 한다. 그 좋다는 사랑, 제대로 해보지 못한 채 현생을 떠나는 일은 없어야 한다. 그토록 아름다운 사랑을 온전히 느끼고 떠나는 것이야말로 진정 삶으로 깊이 빠져드는 길이 아닐까. 아니어도 끝까지 가볼 의미 넘치는 일일 테고.

별을 만나는 일

아, 이 사람인가 보다.
아, 이 일인가 보다.
아, 지금이 때인가 보다.

이런 거였어.
천문학적인 확률로 다가오는 것.
한 번의 떨림.
운명이란 것.

러브레터

너무 익숙해서 소외된 기분이 들어요.

내 삶의 소중함으로부터.

한쪽 눈을 감은 채 세상을 보는 기분이랄까요.

기우뚱해서 자칫 넘어질 것만 같죠.

이러다 불현듯 멈춰버리는 러브레터가 될지도 모르겠어요.

나는 늘 아름다운 사랑을 동경했고

그 부분에 대해서는 영원히 철들고 싶지 않아 했죠.

사랑은 보여주지 않아도 통역하지 않아도

온몸으로 느껴지는 언어잖아요.

비를 맞고 쌓인 눈을 밟듯이

온종일 마음의 날씨를 겪는 일이지요.

이처럼 완벽한 언어가 또 있을까 싶은데

말로도 부족해 세상 모든 것을 들이대고 말아요.

마음 사고

그건 사고였어.
내가 모르고 당한
누구도 막을 수 없는
누구의 잘못도 아닌
그.냥.사.고.
정말 뜻밖의 일인 거지.

원래의 상태가 되려면 시간이 좀 걸리는.
너무 많은 걸 잃어서 그걸 보충하는 데 노력이 꽤 필요한.

너의 슬픔을 도왔어야 해.
돕지 못해서 그 파장이 나에게 이른 거지.
다음부턴 모르지 않을게.
모르고 싶어서 몰랐던 건 아니지만.

충격이지 않게 말이지.

마음이 어지러우면 세상이 흔들린다.
마음이 조용하면 세상이 안정적이다.
모든 건 마음이 벌이는 짓이다.
마음을 조심하라.

여행의 시작에서

호기심이 많거나 반대로 호기심이 전혀 없다면 여행의 떨림은 반
감으로 치닫곤 한다. 뭐든 적당한 거리가 필요하다. 가슴 안에 자라
나는 감정을 품는다고 해서 어느 것도 온전한 내 것이 될 수 없다는
것을 이미 사랑하며 알게 된 터. 그때부터였을까. 대상이 있는 모든
것에는 일정한 거리가 필요했다. 여행도 예외는 아니었다.

나를 만든 세월을 두고 전혀 새로운 곳, 새로운 시간을 향해 떠난다
는데 내 심장은 왜 이토록 덤덤하기만 할까. 어느 때라면 프롤로그
를 쓰다 못해 에필로그까지 과속으로 끝냈을 일이건만, 나는 파리
행 비행기에서조차 설렘이 일지 않았다. 가족을 두고 떠나왔기 때
문일까. 어쩌면 세월에 엉켜버린 감정을 풀 수 없었기 때문일까.
때로는 내가 느끼고 사는 것들이 모두 제3자의 삶처럼 다가온다.
거리를 두고자 하는 마음 이전에 조심하는 마음이 앞지른 탓일까.
인생은 신중했던 것과는 상관없이 내 삶의 멱살을 잡아대곤 했으니
말이지.

알았다. 서러움, 그것이 나를 제한하고 있었다. 삶에 속아 지내는 동

안 바보스러운 응어리가 맺힌 거였으리라. 탐스러운 과일이 되기 위해서는 햇빛도 바람도 비도 열매 안으로 응어리져야 함을 모르지 않는다. 그렇다면 나 이제 잘 익을 수 있는 과일의 조건을 갖춘 것일까. 삶에 저항하느라 평범한 감각 대신 극도의 예민한 오감을 운명과 바꾸기라도 한 것일까. 가끔 지나치게 감정이 치올라 이 또한 제3자의 감정인 듯 느껴지기도 한다.

캄캄한 밤이 지나고 다음 날 파리에서의 낯선 아침을 맞이하는데 가느다란 심장의 울림이 들리는 듯했다. 나는 누구이고 여긴 어디인지, 얼떨떨했지만 분명 설렘이었다. 억눌린 갑옷을 벗고 이제 마음껏 누려도 좋을 나만의 시간이 되었다는 신호가 아닐까. 그때에 파리 에펠탑이 안개에 싸였지만 또렷이 보이기 시작했고, 서리 내릴 만큼 소름 돋는 바람이 살갗에 스치는 것을 알았다. 아, 내가 파리에 있구나. 이 시간 파리지엥을 만끽해도 되겠구나.

유난히 파리는 빨간색으로 물들어 있었다. 파리 사람들이 빨간색을 좋아하나 보다. 예상에 없던 느낌, 그래 이런 게 여행의 묘미였지. 여행을 떠나오기 전 겸손하기만 하던 감각은 하나, 둘 깨어나고 있었다. 호기심이 극도로 많았거나 전혀 무관심하지 않았던 딱 중간만큼의 거리를 두고서.

삶

산다는 것은
주변의 색을 입는 것에 불과하다.
혼자서는 어떤 향기도, 어떤 흔들림도, 어떤 깊이도 가질 수 없다.
서로 반추하며 투과되는 시간이 삶이듯
주변을 모으고, 나누고, 버리는 일과 같다.

남들이 사진으로 찍어주는 나는 항상 눈에 익지 않은 모습이다. 특히나 뒷모습은 처음 보는 사람으로 내가 모르는 나이다. 아, 나는 이런 뒷모습을 하고 있구나. 남들은 이런 나를 보겠구나 싶다.

여행에서 사진을 찍다보면 모르는 사람들을 자주 찍게 된다. 사람의 표정이야말로 어떤 풍경보다 다양하다. 얼굴에 쓰인 문학책을 읽는 것 같다. 사람의 얼굴에는 그 사람이 살아온 이야기가 아련하게 풍겨서 첫인상의 찰나에 그 사람의 생애와 대면하게 된다. 살아온 사연이 저마다 다르니 얼굴 표정이 밤하늘의 별만큼 헤아릴 수 없음을 느낀다.

우연히 사람의 뒷모습에 관심을 두게 된 시기가 있었다. 사람의 뒷모습에는 앞모습에서는 느낄 수 없는 그 사람만의 심오함이 깃들어 있다. 사람들의 뒷모습을 살피다가 문득 평소 나의 뒷모습이 어떨지 보고 싶었다. 흔하지 않지만 주변 사람들에게 내 뒷모습 사진을 찍어달라고 부탁을 한다. 때로는 누군가에게 불쑥 찍힌 뒷모습이 있다면 보여달라고 청하기도 한다. 내가 의도하지 않은 나의 뒷모습은 어떨지 보고 싶어서다. 사진을 찍어준 사람은 내 뒤태를 보여주며 자기의 감상도 얹어서 준다. 생각이 많아 보인다거나 느낌 있다는 말 외에 예상치 못한 설명을 듣기도 했다. 그런 얘기를 들을 땐 아무런 말을 보태지 않는다. 어디까지나 그들의 말을 듣는 걸로, 그것에 대한 내 마음의 소리는 혼자 듣는 걸로 끝을 낸다.

작은 바람이 있다면 나의 뒷모습이 따뜻해 보이면 좋겠다. 쓸쓸하지 않기를 바란다. 은근히 다가가고 싶은 사람이기를.

나는 어떤 색을 입었을까.
나는 누구로 길러진 걸까.
나는 어떤 모습으로 살고 있을까.

사람의 뒷모습에는 삶을 자기만의 해석으로 우려낸 이미지가 짙게 배여 있다.

친구라면
························

각자의 속도로 살아가지만 잠시 한곳에 정착할 여유.

친구라면
종종 같은 시간과 공간을
하나의 감정으로 나눈다.

떠남에 대하여
....

쓰러지는 일에 최선을 다한다.
그 멋진 책임감은 어디로부터 오는가.

마지막이란 말, 떠올리면 눈물부터 쏟아지기만 하는데 가는 이를
붙잡고 서럽게 울지 말라고 당신이 그랬지. 울음 숨기지 못하는 날
더러 그러면 떠나는 이도 너처럼 많이 슬플 거라 했지. 환하게 웃으
며 수고했노라, 당신 멋지게 기억하겠노라 마음으로 건네랬어. 이
별이 서툰 나에게 그렇게 말해주던 사람, 이젠 당신마저 떠났으니
누가 나에게 기쁘게 이별하라 말해줄까. 나에게 내일이 없을 수 있
다는 불안한 마음이 스칠 때마다 사랑하는 사람에게서 어떻게 잘
떠날 수 있을까를 고민하게 돼. 그들에게 나의 안녕이 아프지 않으
면 좋겠는데. 추억이라는 거 그래서 많이 만들고 싶어졌어. 사랑하
는 이를 떠나보내도 함께한 좋은 기억이 많으면 그 사람이 옆에 없
어도 가끔 웃게 되더라고. 좋았던 순간이 바다가 되어 두고두고 파
도로 밀려오더라고.

소중한 추억이 된 당신, 어제도 당신 꺼내보고 오늘도 당신 꺼내보며 당신과 있는 순간을 사느라 나는 행복해. 고마워. 당신 아직 사랑해. 내일이 와도 여기 없는 당신과 잘 살고 있을 나. 당신 떠날 때, 나 웃으며 여기는 내가 있으니 걱정 말라 했는데 이 모든 시간이 떠남에 대한 멋진 책임감이라는 거. 나 역시 쓰러지는 일에 최선을 다하고 있는 거더라고.

누군가를 떠나보내고, 내가 떠나가고, 언젠가 나를 떠나보낸 사람도 떠나가고… 누구나 누군가의 기억을 끌어안고 살아가게 되겠지. 당신 그랬듯이, 나도 그렇게, 우리를 기억에 둔 누군가도 그렇게. 나는 당신과 함께 쓰러지는 일에 최선을 다해 살고 나를 기억에 둔 사람들도 쓰러지는 일에 최선을 다하겠지. 배운 대로 쓰러지겠지. 그게 삶이니까.

앞지른 탓

아무리 생각해봐도 너무 빨리 이곳까지 왔다.
서두른 적 없는데 동경하던 내 모습을 놓고 왔다.
내가 여기에 있다니 도대체가 믿기지 않는다.
마흔다섯, 걷다 보니 이 생소한 길까지 와버렸다.

빠르면 낭패다.

그 사람의 마음보다 빠르면 우리 어긋날 가능성이 높다.

벽걸이 시계가 갈수록 빨라져 나는 불안하다.

시간에 맞게 다시 맞춰도 어느새 정시보다 빨라지는 시계.

글렀다.

이제 맞는 시간을 보여줄 리 없다.

이 시계는 이대로가 정확한 것이니.

더는 현실과 맞지 않는다.

동이 트기 전 아무도 없는 장소에 나만이 빠르게 도착했다.

비를 앞질러 우산을 챙겨 들고 나왔는데

내리지 않은 비 때문에 양어깨에 걸쳐진 우산의 무게가 버겁다.

비는 하루 종일 오지 않고 등줄기에 땀이 내리는 날이다.

마음이 앞질러 몸이 고생이다.

내 말을 끝까지 듣지 않고 앞에 않은 그녀가 섣부른 말토막을 던진다.

나는 더 이상 그녀에게 내 얘기를 들려주기 싫다.

그녀를 길게 만났더니 나의 모습에서도 그녀가 보인다.

앞에 앉은 그녀의 말을 툭툭 잘라가며 내 생각을 선수 치니

그녀의 안색이 좋지 않다.

우린 아무 말도 하지 않았고

그 뒤로 만나는 일조차 하늘의 별따기가 되었다.

말과 생각과 사람

말은 받아줄 상대가 있어야 하고
생각은 내려놓을 자리가 있어야 한다.

빗방울은 맺힐 곳을 찾고
바람은 남겨질 곳에 흔적을 만든다.

사람은 찾아온 곳에 다시 오기를 반복하나
아무도 모르게 사라지곤 한다.

사이

거추장스러운 존재로 남았다.
생각이 도통 그리로 들어가지 않는다.
말이 통할 리조차 없어졌다.
세월은 강 건니 바다 건너갔으니
우리 사이의 거리는 몇 킬로미터일까.
다시 돌아온다 해도 다 오지 못하고
작별의 시간을 맞겠다.
차라리 굳은 등만 돌려세우면 될 것을…
막막하고 답답하다.
우리는 겉돌고 있다.

몸은 왔는데 마음은 어디에 두고 왔을까.
가슴을 자꾸만 열어보고 싶다.
마음 없는 텅 빈 곳인데도.

무언가 관통해서 지나간다.
아무것도 지나간 흔적이 없는데
왜 가슴에 구멍이 나는 걸까.

아니긴 해도 그러긴 해

누구나 혼자다.
때문에 너와 있고 싶다.
너와 친하고 싶다.
너와 사랑하고 싶다.

나를 두고 네가 간다.
아무와도 만날 수 없는 내가 된다.
함께 있어도 혼자가 된다.
너 없는 혼자가 된다.

우리 시작에는 너 때문이라고 했다.
"네가 죽을 만큼 좋아서 나도 어쩔 수가 없어."

우리 끝에도 너 때문이라고 했다.
"너와 있다가는 내가 죽을 것 같아."

사랑은 나를 죽일 수 있어야 하는 거였구나.
이미 죽음의 맛을 알고 시작한 만남이었는데.
처음엔 죽어도 좋겠다더니 후엔 살겠다고 가버리는 너.
네가 죽기를 바라지 않아 너를 보낸 나.

너를 사랑해서 너 대신 죽기로 한 날,
나는 알아버렸어.
나의 사랑이 진정 사랑이었다는 걸.
너를 나보다 사랑한다는 걸.

세 월

기다림에 익숙해졌다.
바람이 들렸다 가도록, 햇살이 내려앉아 쉬도록
가끔 당신 찾아오는 소식을 위해
있던 그 자리를 지키는 게 좋겠다.

미로 찾기

제주에 가면 잊지 않고 찾는 장소가 미로공원이다. 처음엔 그런 곳이 있다는 정보를 듣고 재미 삼아 갔다. 다음번에 갈 때는 미로에서 빠르게 빠져나왔던 우쭐한 기분을 다시 느끼고 싶은 마음에 공원을 찾게 되었디.

미로 입구에서는 누구든지 의기양양하게 출발하는 모습을 보인다. 잘해내리라는 각오내지는 이런 것쯤이야 여기는 자만심이 앞지른 탓이다. 나도 다른 사람들에게 그렇게 보였으리라 짐작된다. 가벼운 마음으로 발걸음도 경쾌했지 싶다. 미로 안으로 걷다 보면 두 갈래길, 세 갈래길을 만나는데 어디로 갈지 갈등의 시작이며 선택의 순간이다. 이 상황은 진짜 삶의 모습과 다를 게 없다. 반드시 선택이 있어야만 다음 이야기가 만들어지는 것이니 희망하는 목적지에 닿으려면 어디로든 걸어야 한다. 걷고 있다면 선택은 이미 끝난 상황이다.

갈림길에서 어떤 사람은 신중하게, 어떤 사람은 생각해볼 겨를도 없이 육감이 이끄는 대로 발을 내딛는다. 나는 후자에 가깝다. 논리적이지 않고 느낌대로 사는 생활습관이 이런 곳에서도 발휘된다.

삶으로부터 터득한 나의 강건한 느낌은 거의 신앙에 가깝다. 나를 믿고 가는 마음이면 마음이 나를 밀고 가는 것이다. 마음에게 밀려서 가건 내가 마음을 믿고 가건 어디까지나 이 길에서 나와 마음은 반려이다.

각고의 믿음으로도 미로 안쪽에서 같은 길을 몇 번 돌고 나면 입에 김을 내뿜으며 식식대는 사람들이 생기기 시작한다. 서로 자기가 간 길이 맞는 길이라며 겨우 신발과 목소리로 확인된 자기 일행에게 어떻게, 어떻게 돌아서 이리로 오라고 말하는 사람이 있다. 사람들의 우왕좌왕에 합류하지 않고 묵묵히 음악을 들으며 걷는 사람도 있고, 아예 처음부터 지도를 펼쳐든 사람도 있다. 모두가 그들의 선택이고 과정과 결과는 그들이 감당할 몫이 된다.

나는 어떤 모습으로 미로를 걸었는가. 목적지에 빨리 도착해 종을 치고 싶지 않았다. 너무 빨리 원하는 걸 얻으면 그것도 허탈했다. 나에게 자랑스럽지 않았다. 나에게조차 들려줄 이야기가 없는 세월은 공허한 메아리 같다. 나를 대견해하거나 자랑스럽게 여길 거리가 없으니 나는 심심한 맛이 된다. 그래서 산책하듯이 느긋한 걸음으로 살랑살랑 걸었다. 막다른 길을 여러 차례 만났고, 갔던 길을 또 갔고, 같은 길로 접어든 사람이 훈수를 놓았지만 나는 또 왜 그렇게 웃으며 걸었던지. 걸을 만큼 걸으면, 헤맬 만큼 헤매면 언젠가는 나도 목적지에 도착해 종을 울릴 수 있을 거라는 확신이 있었다.

많이 걷고 많이 헤매면 걷고 헤맸던 이야기가 최종 목적의 환희를 진심으로 알게 할 터였다.

실제로 미로를 걸으며 내 안의 마음을 충분히 관찰할 수 있었다. 길을 찾는 사람들의 감정 변화도 실시간으로 바라볼 수 있었다. 나와 사람들의 살아가는 이야기가 그곳에서 다 펼쳐지고 있었다. 내가 어떤 사람인지 투명하게 드러났다. 풀기 난감한 실타래가 갈림길 어디서나 있었다. 사람들에 의해 엉켜버리고 내 마음이 뒤섞어버린 길도 길이었다. 보이는 길, 보이지 않는 길이 길 위에 공존하고 있었다.

걷지 않으면 어떤 희망도 보이지 않으니 엉켜도 걷고 풀지 못해도 걸어야 한다. 걷다 보면 걷는 것만으로도 어떤 목적지에 다다르고 있음을 은근히 알게 된다. 우리의 삶은 미로공원의 모습과 너무도 닮아 있다.

미로를 처음 만든 사람의 발상이 깜찍하다. 미로에 출구가 없다면 어땠을까. 출구의 존재는 시행착오를 의미 있게 하며, 도착의 지점이자 돌아올 시점이다. 회기라는 면에서 여행과 닮았고 또한 삶의 일면이기도 하다. 나는 은연중에 그러한 이유로 미로공원을 찾았고 미니게임을 통해 카타르시스를 얻고자 했던 것인지도 모른다. 삶은 재미보다 어려운 숙제 같아서 짧게나마 삶과 닮은 미로에서 내가 원하는 길을 찾아 기쁨을 누리려고 했던 건 아닐까 싶다. 대리만족을 원했던 것일 수도.

30분을 헤매고 출구에 도착했다. 헤맨 시간에 비례한 짧은 위로를 느꼈다. 나를 감싼 세상으로 돌아왔으니 현실에 다시 놓였으니 지금부터가 진짜 미로이다. 당장의 길조차 미로의 시작인 셈. 나는 길에 있다. 도착할 곳을 향해 걷고 있는 중이다. 많이 걸으면 많은 시간의 이야기를 만드는 것, 삶이 풍성해질 이야기의 질을 위해서라도 열심히 걸어본다.

작은 성취감으로도 삶에 대한 애착이 충분히 되살아난다. 미로를 탈출하며 괜스레 기분이 들뜨더라. 나는 그런 미로공원이 좋다. 삶의 중앙우로부터 밀려나는 기분이 들 때 아마도 다시 찾게 될 곳이다.

그대 지금 터널을 지나는 중인가요.

그렇게 믿고 있다면 곧 터널 밖으로 나갈 수 있어요.

들어왔던 반대쪽에 나가는 출구가 보일 겁니다.

그리로 계속 걸으시면 됩니다.

바늘구멍 빛이 점점 커지는 세상 쪽으로.

여행을 하다가

여행을 하다가 낯선 사람들을 만나면
그 사람 처음 보는데도
다시 못 볼 사람인데도
마치 친근했던 사람들처럼
미소로 대하고 서로에게 행운을 빌어주는 인사를 나누게 된다.

여행을 떠나지 않아도
평소 내 옆 사람에게도
미소로 대하고 하루의 행운을 빌어주는 인사를 건넨다면 얼마나 좋을까.
여행에서 누군가를 처음 만났을 때처럼 말이다.

가끔 우리는 서로에게 편해진 이유로 너무 소홀하다.
무소식이 희소식이기를 무작정 바라는 관계의 허무함이란…
조금은 따뜻하게 먼저 다가서서 눈인사를 나누고

어색하지만 친근하게 다가서서 손인사를 나눈다면
관계의 허무함으로 가슴이 저려오지는 않을 텐데…
그저 여행지에서 처음 보는 사람들과
눈빛을 나누고 손을 흔들며 서로를 안아주는 것처럼.

표현

누구인가, 무엇인가의 핵심

취향,

이것 때문에 재미있게 살아가지 싶어요.

똑같지 않아서 궁금하고

더 알고 싶고

그러다 그대와 닮고 싶어지죠.

취향의 그림자로 등장하는 매력,

떼려고 해도 떼어지지 않죠.

그대의 영혼이 그리로 흘러들어

색이 입혀졌기 때문이죠.

나는 그대가 좋아요.

그대에게 어울리는 그대가.

삶이 펼쳐둔 것들 중에

그대라서 꺼내든 것을요.

그대 덕분에 그 아름다움을 보게 되네요.

누구나 하지 않는 그런 일 하나쯤

편지쓰기를 좋아한다. 툭하면 쓰고 있고, 걸핏하면 썼다. 조용히 지내는 걸 좋아하는 나는 말보다 글이 편한 것 같다. 말로는 못 할 비밀스러운 마음을 내려놓을 수 있으니 편지란 내게 있어 기특한 매력이다. 편지쓰기는 쓸수록 머뭇거리지 않을 즐거운 일이었다. 누군가를 향해 겉으로 비치지 않는 속마음을 전하면 그 사람은 글자에 눌러놓은 내 마음을 읽는다. 누군가는 전하고 누군가는 꺼내보며 서로의 깊은 곳으로 스며드는 것처럼 멋진 일도 없다.

한번은 후쿠오카로 가는 비행기 안에서 특별한 이벤트가 진행 중이었다. 자기에게 엽서를 쓰면 백일 뒤에 받아보게 된다고 했다. 기껏한 시간쯤을 비행하는 동안 짧은 재미를 경험하겠다 싶어 손을 들고 승무원으로부터 빈 엽서를 받아들었다. 딱히 뭐라고 써야 할 말이 떠오르지는 않았다. 단순한 생각으로 이런 경험도 있는 여행이니 일상으로 돌아가더라도 좀 특별한 추억으로 남겠지 싶었다.
어떤 여자의 이야기가 떠올랐다. 그녀는 해마다 크리스마스 전에 자기에게 줄 선물을 산다고 했다. 정성 들여 포장을 하고 손글씨 카드까지 써서 손수 택배를 보낸다고 한다. 물론 택배를 받을 사람은 자기이고 주소도 자기가 사는 집을 적는다고. 그 이야기를 들으며 택배가 배달되는 순간의 기분이 어떨까 궁금했다. 그보다 먼저 자신이 좋아할 물건을 신중히 고르는 기분이란, 그걸 예쁘게 포장하는 순간의 기분이란, 택배 박스 위에 받을 사람 이름으로 자기 이름을 적는 기분은 어땠을까 몹시 궁금해지더라. 나는 그렇게 해보지 않았으니 그 기분 알 길이 없다.

자기를 매우 소중히 여기는 사람이 아니면 불가능할 일 아닐까. 스스로 꽤 멋진 자신을 확인하며 사는 그녀가 얼마나 부럽던지. 하여간 내가 못 하는 것을 다른 사람이 하고 있으면 그것만으로도 멋져 보인다. 한 해 동안 자기를 먹여 살리느라 수고한 자신에게 기발한 선물을 하는 그녀, 독특하고 근사하다.

나도 비슷한 흉내 정도는 내본 적 있다. 나에게 주는 생일 선물 정도. 여행지에서 기념품 정도. 우울한 날에 깜짝 선물 정도는 해봤다. 포장은 생략되고 축하카드 역시 쓰지 않았지만. 그런 면으로는 그녀보다 완성도가 떨어지는 선물 같다. 멋지게 사는 걸로 따지면 그녀가 나보다 한 수 위다.

기내에서 엽서쓰기 이벤트는 다른 사람이 아닌 자기에게 쓰는 엽서라는 점, 백 일이라는 시간을 기다려야 받을 수 있다는 점에 마음이 끌렸다. 나에게 주는 멋진 선물임에 틀림없었다. 하늘 위에 나를 띄워놓고 그 붕 뜬 마음 헤아리며 한 줄 한 줄 적었다. 글의 내용이야

특이할 게 없지만 한국과 일본 중간쯤 되는 하늘에 있으니 현실에는 없는 절묘한 시공간이라는 점에서 분명 멋진 추억이었다. 생각은 나도 모르게 미래로 간다. 해마다 한 번씩은 나에게 손글씨 엽서를 세상 어디서든 띄워보겠다고. 누구나 하지 않는 그런 일 하나쯤 해봄직 하다고.

진실은 말이지…

당장에 모르겠지만 곧 알게 될 거야.
누군가는 먼저 알았고
누군가는 언젠가 알게 될 숨은 진실들.

무거운 카메라를 들고 다니면 주변 사람들로부터 사진 좀 찍어달라
는 부탁을 받곤 한다. 내게 사진을 맡기면 잘 나올 것이라 믿는 걸
까. 찍어준 사진이 그들의 마음에 들지 않으면 어떡하지. 내가 보기
에 좋은 사진이기보다 그들이 봤을 때 만족스러워야 할 텐데. 부담
스럽지만 그들의 표정을 최대한 자연스럽게 담으려고 노력한다. 무
거운 카메라를 들고 다니는, 그보다 무거운 책임감 같은 것이다. 그
들도 곧 알게 되겠지만 겉으로 보이는 모습이 항상 진실은 아니다.
멋진 기념사진을 기대하며 웃고 있는 그들이지만 이내 나를 원망할
지도 모른다. 그들은 나에게 속은 기분이겠지. 이래서 겉모습은 언
제나 함정이다.

평생 돈을 아끼던 그녀는 눈이 시뻘겋게 부어서 동네를 걷고 있었다. 쌍꺼풀을 수술한 지 며칠이 채 안 된 듯 보였다. "갑자기 이렇게 살아서 뭐하나 싶더라고." 씩씩하게 웃는 그녀. 삶이 갑갑했었나 보다. 그럴 땐 변화가 최고의 처방이다. 때때로 아내들이, 엄마들이 평소보다 과하게 외모에 신경을 쓴다든지, 그릇을 사들인다든지, 무언가를 집요하게 배우러 나간다든지 할 때가 온다. 마음에 바람이 드는 거다. 바람의 방향이 쌍꺼풀일 때가 있고 그릇일 수 있고, 배움일 때가 있다. 그녀들은 바람의 방향 따라 수시로 흔들릴 뿐이다. 바람에 대한 예의를 다한 것뿐이다. 겉으로 변하지만 사실은 마음이 허해서 그런 거다.

두.번.째.

처음보다 다음번이 좋아진다면 이미 처음이 매우 좋았다는 거야.

다음을 기대한다는 건 처음을 기억한다는 거.
맛, 그것에 대해 뭔가를 좀 알아버린 거지.

예전에는 뭐든 처음이 좋았는데
언제부턴가 나는 두 번째를 좋아하고 있어.

전혀 모르지도 않고
너무 많이 알지도 않아서
적당히 좋을 수 있는 순간
두.번.째.

다시 만나고 싶은 사람
다시 가고 싶은 곳

다시 읽고 싶은 책

다시 마시고 싶은 차

다시 보고 싶은 무지개

다시 살고 싶은 시간

처음은 아닌데 그 좋음을 이미 알아버려서 마음이 벼르고 벼른다.

언젠가,

반드시,

다짐으로 마련하는 약속은 시간이 낡아서 미뤄져도 새록하다.

한참이 지난 뒤에도

역시 이 사람 만나길 잘했어.

역시 위대한 책이야.

감탄을 연발하게 되더라.

어쩜 좋으랴.

그렇게 좋아서 기다림이 설렘이니.

처음 사랑에 빠져 날마다 그 사람 때문에 가슴 콩닥거리던 예전으
로 돌아간 것 같으니.

이 순수한 좋음을 마냥 신나서 좋아할 수 있으니.

사랑을 앓던 자리

저녁이 물들 시간이었던가.
늦지 않았기를
그리움 달고 가는 동안 그곳에 두고 온 기억이
어둠에 사라지지 않기를

사방에 어둠이 쪼여오고 있었다.
서둘러야 했다.
안타까움으로 곧 떠날 당신을 선연하게 남겨두고 싶었으니까.
앞으로 가는 시간은 매번 뒤를 흐리도록 했다.
언제 다시 만날 수 있을지 모르기에
나는 기억에 남길 당신을 찍고 또 찍는다.

다정했던 추억의 앨범이 펼쳐진다.
노래처럼 흐르고
구름처럼 떠가고
강물이 된 시간들.
한때 우리는 우리들의 아름다움에 있었다.

흐릿한 추억이…

선명한 그리움이…

모든 게 변한다지만 그 변화를 지켜보는 이는 슬프다.

처음인 것이 하나도 없나.

이곳에 묻었던 첫 마음마저도.

오랜만에 우리 마주본다.

내가 당신에게 남겨지고 당신이 내게 남겨지는 순간.

이러지 않기를 바랐는데,

깜박이는 눈가로 당신이 흐를까 봐 온 핏줄에 힘이 실린다.

흐르지 않기를

보고 싶다던 말이 두 눈가로 흐르지 않기를…

갑자기 시작된 것은 갑자기 끝이 나더라.
영원하리라 믿고 싶은 것은 이루어지지 않고.
세상의 모든 것이 소멸하듯 사랑도 마찬가지.
잊힌 사랑이 잠시 떠올랐다 사라지니
그리움이 지워진다.

내가 떠나고 난 뒤 당신 또 그 자리에 앉는다.
사람은 떠나도 추억은 남으니
당신이 그리운 나를 부르면 다시 찾아오는 곳
아직 당신이 남겨진 자리이기에.

사랑을 앓던 자리.

그대라는 길
....

나침반의 화살표가 돌지 않는다.

내가 가는 길이 그대 있는 따뜻한 남쪽인지 모르겠다.

내가 온 곳, 내가 만난 사람이

내가 그토록 오고 싶던 곳이고

나를 기다리던 사람인지 모르겠다.

바람은 가녀린 바늘을 수없이 돌게 했다.

만나야 할 사람은 만나고야 만다는데

나 도착한 곳에 바람이 그 사람을 데려다 놓았는지 모르겠다.

나의 길 위에 내가 있기나 한 걸까?

나의 길 아닌 곳에 나 잘못 와있는 건 아닌지.

길, 이제 가르쳐다오.

나 어디로 가야하는지…

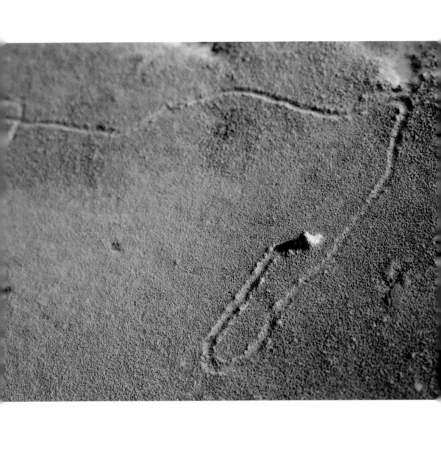

쓰러지다

잘 지내던 마음이 한 번씩 쓰러지네요.

남들은 웃으며 지나는 일에 나는 툭 쓰러지고 말아요.

간신히 다독여왔던 마음이 아주 작은 돌에 걸려 넘어지더니

그만 엉엉 울어버리네요.

늘 들어서 귀에 박힌 피아노 연주가 목을 타고 아래로 넘어가 가슴을 아리게 한다. 음악이 슬프다. 어깨가 뻐근하고 발끝이 저리하다. 우울한 리듬이 몸 여기저기를 돌아다닌다. 감정이 주변의 것을 모조리 흡수해 우렁하게 거져가니 고작 손톱만큼 슬픈 시작이었는데 이제는 아예 세상 다 아프게 보인다.

좋은 마음이 들어와 아픈 마음을 달래주기 전에는 이대로 꼼짝없이 앓게 생겼다. 감정에게 당하게 생겼다. 좋은 마음, 너를 어디서 데려와야 하니?

말도 안 되는 말 같지 않은 이유를 마련하지 않아도 떠나진다. 목적없이도 나는 길에 있다. 어디로든 조금씩 걷고 있다. 찾지 않아도 찾아지는 것 앞에 선다. 당최 나를 밀고 나가지 않으면 오늘을 지날 수 없는 것이다.

무작정이라는 건 이럴 때의 일이다. 해석을 달지 않아야 또렷한 눈물이 되는 것도 있는 법.

어떤 영화를 보다가 성공하는 인연은 없는 것 같다며 노트에 적었
다. 실패한 인연이라는 것도 사람들의 평가일 뿐, 만남은 어떤 모습
이든 시간을 건너가는 이야기로 남는다. 삶은 이야기를 짓는 일, 좋
은 내용이냐 아니냐의 문제가 아니라 세상을 알아가는 책임감 같은
거더라.

모든 아픔이, 상처가 고맙게 느껴지는 때가 오히려 필요했는지도
모른다. 아픔 속에 숨겨진 보물은 찾아내는 사람이 주인이다. 보물
을 주워든 이는 마땅히 주인이 될 자격이 있다.

가끔은 울어야 한다. 사정없이 울다 보면 아무 통증도 없는 상태가
오더라. 울게 되는 순간에는 우는 것만이 최선이다.

이별여행

바람이 파도를 지우고 있었다.

뭉개지는 시간들아.

흔적은 떠나가고

생각은 흩어져라.

다시 모르는 시간을 살리라.

낯선 당신을 만나리라.

자신에게 보내는 메일

없는 것인데 있다고 느껴질 때가 있다. 몸 안에 벌레가 기어다니는 것 같은 느낌. 벌레인지 감정의 찌꺼기인지 모를 무언가가.

니는 늘 고개를 한쪽으로 기울이고 있다. 사진에 찍힌 내 모습이 한 결같아 고개를 떨구는 쪽에 끌림이나 미련이 있는 건 아닐까 골똘히 생각한다. 두 다리에 힘을 공평하게 쓰기보다는 짝다리로 서는 게 편하다. 음식을 씹을 때도 주로 오른쪽만 사용하는 나. 그래서 의사에게 양쪽 턱을 고루 사용하라는 제안을 받기도 했는데.
몸이 알아서 움직이는 방향이 있다는 소리다. 시간과 공간에 저절로 반응하는 내 몸을 어쩌랴. 막막한 잔재들이 몸을 뚫고 나오지 못해 미친 염증이 되는 건 아닐까. 언젠가 한의사에게 팔을 내밀고 대뜸 했던 말이 기억난다. "내 몸 안에 벌레가 기어다녀요." 덤덤한 표정의 한의사로부터 생소한 병의 이름을 들었는데 너무나 낯설어서 한 귀로 들어오고 한 귀로 나가버리더라. 그런 병이 있다니 놀랍다. 병이란 건 몸 안에 무언가 결핍되거나 과잉된 상태일진데. 그날의 심정은 도둑이 들어와 뭔가를 가져가며 그놈이 슬쩍 흘리고 간 무엇이 남은 낯선 상황 같았다. 내 몸 안에 이방인이 침입한 것 같았다.

외로움이었을까. 참지 못해 자기 좀 보라고 절규하는 것일까. 지나
치게 바빠서 나는 내가 심한 외로움과 한 몸이 된 줄도 몰랐다. 없
는 것이 어떻게 신호를 보내오겠는가. 다 그러그러한 사정이 있는
게지. 자기가 있다고 알려오는 거였겠지. 벌레로 오든 비로 오든 어
떻게든 오는 거였다. 자기에게 보내는 메일처럼.

시간 안내
··························

10대에는 이렇게 살아야 한다는 둥.

20대에는 저렇게 살라는 둥.

30대, 40대, 50대에는 어떻게 사는 게 좋다는 둥.

좀처럼 나와는 어울리지 않는 제안들이 넘쳐나는 세상이다.

안내하는 대로 살지 않으면 잘못 사는 걸까.

이것저것 찾아봐도 나에게 맞는, 이거다 싶은 건 없더라.

너무 막연하니까 따라해보다가

주저주저하며 앓다가

아닌 건 아니라며

자유롭지도 자유롭지 않지도 않은 모습으로 돌아간다.

답답함에 갇혀 이대로야말로 편하다고 위로한다.

고민과 갈등은 삶의 그림자이니 떼어내는 일이 억지라고.

이제 나 멋대로 하게 둔다.

내가 무엇을 하며 살지 막지 않고 풀어둬 본다.

예전으로 돌아간다면

어떻게 살고 싶으냐.

뭐가 되고 싶으냐.

그딴 걸 왜 묻는가.

나는 지금에 충실할 생각밖에 없다.

없는 일에 괜한 망상을 끌어 모으고 싶지 않다.

그러지 말고 지금을 좀 더 열렬히 느끼겠다.

지금 행복하지 않으면 미래의 행복도 기대하기 어려울 테니.

몽돌 하나 마음에 얹고 살아야지

오래되었지만 새로움으로 가득한 이화동 골목길을 한참 동안 걷고 있었어요. 막 지칠 무렵 어느 카페 선반에 나란한 종이뭉치가 눈길을 끌었어요. 정확히 말하자면 종이뭉치를 지그시 누르고 있는 몽돌에게 마음이 갔던 겁니다. 몽돌의 크기는 그렇게 크지 않았지만 웬만한 바람에도 종이들을 끄떡없이 지켜낼 것처럼 보였어요. 종이뭉치가 간결하게 정리되어 있고 귀엽게 내려앉은 몽돌에서 카페주인의 감성이 엿보였지요. 물건이 어디에 어떤 모습으로 놓였는지에 따라 그 이미지를 만든 사람이 상상되기도 하거든요.

불안한 마음을 눌러두었을 거야. 지금처럼 가지런하고 차분한 상태로 그 자리에 있기를 바라는 거겠지. 아니었다간 어수선해질 테니까. 몽돌 없이는 사람들의 손이 스치고 바람이라도 불면 매무새가 금방 흐트러지고 말 테니까. 어쩌면 이 사람, 한때 마음을 한곳에 붙들어 매지 못하고 쉽게 날려 보낸 적이 있었는지도 몰라. 그래서 더욱 반듯하고 안정적인 걸 좋아하는 사람이 되었는지도 모르지. 사람은 자기도 모르게 자기로부터 떠나기도 하잖아. 마음이 떠난 것도 모르고 살다가 자기 안에 마음이 없음을 알아차리고 화들짝 놀라지. 그러다 다시 찾아오기도 하지. 나라고 예외는 아니었어. 내 마음도 한때 내 안에 살지 않았으니까. 어디에 있는지 몰라 한참을 헤맨 후 찾아왔었지. 그 이후로는 매우 안정적으로 잘 지내게 되었지. 나의 눈길이 닿는 것에는 보이지 않아 풀어낼 수 없지만 비밀스럽게 연결된 무엇인가 존재하는 것 같아. 아무것에나 눈길이 닿지는 않을 거야. 내가 좋아하는 거라면, 내가 놓치지 않는 거라면 그것이 곧 나의 모습이기도 하니까.

혼자서 생각을 키우는데 창가 속으로 한 남자가 보였어요. 어두운 실내에서 짙은 갈색 앞치마를 하고 하얀 수건으로 손에 든 작은 컵을 정성을 다해 닦고 있었지요. 내 눈에는 그 모습이 마치 예술가인 듯 보였어요. 그냥 카페에서 일하는 중이라 하기에는 그 사람에게서 남다른 아우라가 느껴졌거든요.

분명 그의 솜씨일 거야, 카페 선반을 가꾼 섬세한 손길의 주인공은. 이 사람은 지금 자신의 일을 매우 사랑하는구나. 물건을 대할 때 이렇게 정성을 쏟는 사람이라면 사람을 대할 땐 또 얼마나 섬세할까.

내가 만난 사람들 중 아주 작은 것에 정성을 다하는 사람들 대부분이 사람에게도 남다른 정성으로 대하던데. 이 사람도 그럴 것 같아. 그가 내리는 커피에는 분명 각별한 정성이 깃들었을 거야. 커피 맛을 대충 만들지는 않을 거야.

그랬어요. 나는 카페 입구에 오랫동안 서서 카페 주인의 품성까지 읽어내고 있었어요. 하지만 이 모든 생각이 혼자만의 기도이면 어떡하나 망설임도 생겼어요. 진실과는 다르게 너무 지나치게 생각을 이어간 것일 수 있거든요. 이날은 카페를 그냥 지나치기로 했어요. 마음에 든 장면을 깨뜨리지 않고 고스란히 두고 싶은 마음, 묵혔다가 다음에 개봉하기로 하고 돌아선 거예요. 좋은 환경에서 수확한 포도가 깊은 와인으로 농익을 수 있게 오랜 시간을 보내듯이 지금 이 장면을 마음 속 환경에 한동안 맡겨두려고요. 다음에 우연히 이화동을 들리게 되면, 이 골목을 지나게 되면 그때 이 카페에 들러 커피를 마실 거예요. 마음을 두었던 곳, 그 마음 흔들리지 않게 몽돌을 올려둔 곳, 나중에 이런 마음 함께 우려낸 커피 맛은 어떨까, 멋진 기대감으로 웃었어요. 아무도 모르게 나 혼자 즐거운 상상을 했지요.

검은색이요

어느 날 밝게 웃었다.
모든 웃음을 모아서 한 방에 터트린 것처럼.
아껴둔 건지, 기다린 건지 모를 한 번을 위한 이 호탕함은
묘하게 검은색을 닮았다.

노란색은 기분이 밝아지고,
초록색은 살아서 움직이는 것 같고,
파란색은 침착한 숨을 쉬게 하고,
보라색은 소설책을 닮았고,
어떤 색이든 나름의 의미를 갖는데
좋아하지 않을 수 없어서 좋다는데
사람들은 좋아하는 한 가지 색을 말해보라고 해.

검은색이요.
이렇게 말한 적 없지만
나에게 검은색은 몰아쳐서 터지는 웃음 같은 느낌이랄까.
참고 견딘 기쁨의 울음이기도

설악산 정상에 오른 것 같은 희열이고

심장 터지도록 달리는 열정이야.

세상의 모든 색을 섞으면 검은색이 되는 것처럼

세상의 모든 것을 좋아한다면 검은색을 좋아하는 게 아닐까.

특정 색을 좋아해야 하는 건 아니지.

검은색을 좋아하는 사람들을 알고 지내는데

그들은 세상에 대해 굉장히 호의적이더라고.

암울할 것 같다고 판단하는 건 어디까지나 선입견이라는 거지.

아름다운 세상을 보면 볼수록

어느 색도 좋아하지 않을 수 없다니까.

인연에 닿다

어디라도 멈춘다면 그곳이 내가 닿아야 할 곳이었을 거예요.
예정된 곳을 향하여 가는 길을 삶이라 불러도 될 것 같고요.

기다림이든 쉼이든 끌림이었던 한순간.

그때, 모든 시간을 모은 절묘한 찰나

메모들은 어느 날 때에 맞춰 적절하게 나의 진심을 돕는다. 그 문장의 쓰임이 바로 그때인 거. 세상 모든 일은 힘겨운 그때여야 하는 순간이 있다. 사랑, 이별, 고독이 다 그렇다. 언젠가 어떤 영화를 보고 싶은 목록에 적어두고 미래에 챙겨보고야 마는 순간이 온다. 그때는 우연이지만 필연이다. 그때의 웅장한 진동은 내가 어떤 현실에 놓여 있는지 냉철하게 깨닫게 하고 삶을 고치거나 바꾸게 한다.

메모는 영화를 보면서도 이어진다. 미친 속도로 영화에 반응하는 마음을 적는다. 메모는 지금을 위해 태어나기도 하고, 나중을 위해 태어나기도 하는데 '나는 나에게 어떻게 설득되는가'를 확인할 수 있게 한다. 버림받았던 감정이 소신있는 역할을 찾아 그제야 제 목소리를 내니, 참 고마운 일이다. 흘러가거나 외면되는 감정을 챙김으로써 잃어버릴 뻔했던 나를 챙기게 되고, 큰일 날 뻔했던 일을 모면하게 되니까. 좀처럼 해석이 불가능했던 문제를 시원하게 푸는 데 도움을 주니까.

영화를 보다가 와락 울음이 터져버린 적이 있다. 감정이 탈출하는지 내 몸이 오그라들도록 눈물이 무겁게 흘렀다. 위급 상황이 덮쳐 꼼짝 못 하고 당하는 그런 꼴이었다.

"여자는 희생이라는 큰 정원을 영원히 탐험한다."

영화 〈Before Midnight〉을 보다가 여주인공 셀린느의 말에 감정이 정점에 치달았다. 나의 현실이 셀린느에 의해 딱 한 문장으로 정의됐다. 내가 속한 숙명을 객관적으로 느낀 때이다. 여자라는 책임감으로 뭉쳐 절대 포기 안 되는 인생철학이 나의 내면에도 있음을 절감했다. 셀린느의 폭발적인 대사는 나에게 중요한 메모가 되었다. 강조하기 위한 별표까지 달았으니…. 나는 이 대사 때문에 잠시 암담했다. 한편으로는 큰 위로였다. 나 혼자만 그런 삶을 사는 게 아니라, 이 대사를 쓴 시나리오 작가가 이 명제를 알고 있고, 영화를 본 거의 모든 여자들이 이 대사에 공감했을 테니까. 이 문장은 여자 삶의 총체이며 벗어나지 못하는 굴레이기에.

남겨진 메모는 앞으로 나의 불투명한 불안함을 대변해줄 것이다. 그런 이유로 굵고 진하게 쓰였다. 그러니까 나는 이때에 이 문장을 메모하며 적잖은 카타르시스를 맛보았다.

감동이 춤출 때 삶은 희망을 느끼고 열정을 품는다. 과거에 이유도 모르고 적어둔 메모를 펼친 날, 그것을 실행한다면 내가 곧 변하는 때이다.

깨달음은 오랜 시간을 기다려 일순간 불꽃처럼 터지고 아름다운 여운이 되는 것이더라.

훈훈한 도움이 되기 위해 묵묵히 기다리는 메모들이 누구에게나 존
재한다.
아, 이거구나.
아, 이런 거였어, 하는.

진짜 소중한 것

다가오지 않는 것은 잃을 수도 없는 것.
다시 말해, 소중할 필요가 없는 것.
잃는 것은 소중한 것.

잃고 난 뒤 한발 느리게 눈치를 챈다. 아차, 했을 땐 이미 내게 없는 것이 된 소중한 것들을. 앞일을 알 수 있으면 얼마나 좋을까. 나쁜 일은 피할 것이고 좋은 일은 준비해서 맞을 텐데. 사람의 상처는 미래를 알지 못하는 무능력에서 비롯되는 건지도 모른다. 언제나 옆에 있어줄 것 같은 사람이 어느 순간 없고, 집이 사라지고, 아이는 자라나 타인이 되고….

삶이 왜 나에게 잔인한가를 질문하다가 문득 귓가에 들려오는 소리에 집중을 한다. 미안하다, 미안하다, 미안하다. 누군가가 나에게 미안하다고 전하고 있다. 가만히 듣자니 익숙한 느낌인데 좀 더 침묵하며 기다리니 두 눈에 눈물이 흐른다. 나에게 미안하다고 말하는 사람이 바로 나인 것을. 이제야 기다림 끝에 나를 알아보다니 쌤통이다. 그녀가 바보에게 걸어와 지켜주지 못해 미안하다고 전하고 있다.

어느 날 사랑이 덜컥 눈앞에 나타났다. 확신하건데 사랑이었다. 온힘을 다해 사랑, 그것을 했다. 감정은 처음 만난 어쩔 줄 모름에 꽃을 피웠다. 가장 화려한 시간을 살았다. 세상이 아름다운 절정을 보여주었다. 무작정 믿었다. 그것이 사랑에 대한 예의 같았다. 젊은 날에는 최선의 믿음이 사랑을 지키는 거라고 생각했다. 뒤에 올 어떤 불행도 읽어낼 수 없었다. 사랑을 감지하고부터 그쪽으로는 감각이 닫혔으니까. 오로지 좋은 것만 생각하게 됐으니까.

세상 모든 것에 짝처럼 따라붙는 반대의 것이 있다. 행복이 오면 불행이 오고, 사랑이 오면 이별이 오는, 얻는 것이 있으면 반드시 잃는 것이 있듯이. 좋은 것을 들고 잃어버린 사람들의 심정이 어떤 건지 나는 감히 알게 되었다. 굳게 쥐고 있던 사랑은 사랑이 아니었던 것. 너무 소중해서 움켜쥐고만 있다가 제대로 펴보지도 못한 채 나의 사랑은 가루가 되었다. 아팠다. 마음이 잿더미가 됐으니 시간에 흩날리는 것밖엔 할 것이 없었다.

한참을 아프고 나서야 알았다. 내가 떠나보낸 사랑이라는 걸. 사랑이 가기 전에 알아채지 못하고 가게끔 내버려두었던 걸. 나는 스스로 변해야 했다. 상실감을 안고 살아가기 싫었다. 떠나간 것은 떠나가라 놔두고 다시 좋은 사랑해야겠다고 생각했다. 다시는 잃고서 후회하지 않아야지 하는 집념이 생겼다. 사랑은 생명을 가진 존재라서 무관심하면 죽고 만다. 꽃 가꾸듯이 정성을 들여야 사시사철 사랑꽃을 볼 수 있다. 사람이 꼭 그렇다. 이쁘다, 이쁘다, 하며 정성을 들여야 그 사람의 사랑이 좋아한다.

나도 모르게 사라지는 기억을 자꾸만 찾아내는 버릇이 생겼다. 그것이 뭔지 정확히는 모르나 찾는 일에 게으름을 떨지 않았다. 이상하게도 나빴던 기억은 몇 날, 며칠이었는지 잘도 기억이 났다. 잊을 만하면 잊지 못하게 날짜를 꾸역꾸역 기억해냈다. 언젠가 밀린 빚을 받을 심산으로 그 미운 감정을 토씨 하나 잊지 않으려고 애썼다. 좋은 날들은 까맣게 잊히고 좋지 않은 날을 시간에 새기듯이 낡은 기억들 속에서 베껴 쓰기를 반복해온 것이다.

언젠가 꼭 미안하다는 말을 듣고야 말 테다. 미안한 줄도 모르는 사람에게, 미안해할 생각도 않는 사람을 과녁으로 삼고 제발 나에게 미안하라고 화살을 쏘던 날들이 있었다. 화살은 늘 빗나갔다. 도리어 마음 밖으로 쏘았던 미움이 나를 향해 날아들었다. 나의 멍든 가슴은 스스로 쏴버린 활까지 맞아 만신창이가 되어 갔다.

집 안과 밖으로 겨울이 밀치고 들어오던 어느 날 나는 그 미운 감정을 맥없이 내려놓았다. 그토록 오랫동안 지켜온 묵은 것을 일순간 스스로 놓아버렸다. 허망하고 허망했다. 나에게 미안해야 할 사람은 조용히 세상을 떠나고 있었다. 말 한마디 없이 세상 반대쪽으로 떠나가고 있었다. 그런 이를 붙들고 미안하다는 말 한마디 않고 그렇게 가느냐고 따질 수가 없었다. 그녀는 미운 사람 없는 곳에서 곧 편해질 것처럼 보였다. 나도 그렇게 미운 사람을 잃고 있었다. 나 또한 미운 사람 없는 세상에 남겨지겠구나 싶었다. 겁이 났다. 그녀를 미워하는 채로 떠나보내고 싶지 않았다. 내게는 그녀를 미워하기 전 그녀를 아주 많이 좋아했던 기억들도 남아 있었다. 처음부터 그녀가 미웠던 건 아니었으니까. 너무 사랑해서 내 사랑을 송두리째 가져간 그녀가 나를 미워했기에 억울했던 것인데. 미움이라기보다 원망을 키웠던 것인데.

내가 그녀를 정말 사랑했다면 사랑할 수 없는 순간에도 사랑했어야 한다. 내가 사랑하니까 당연히 날 사랑하라는 식의 억지는 세상 어디에도 없는 사랑 아닌가. 나에게 차갑게 대했던 그녀는 그녀 식대로 사랑을 한 것이었으니. 그녀가 내게 못되게 했어도 그 미움까지도 사랑이었다는 걸 알았어야 했다. 이제는 다 지나간 이야기.

나는 기억한다. 아름답고 행복했던 날들을. 다시는 없을 소중한 추억을. 그녀를 잃고 그녀가 남긴 것을 안고 산다. 사람은 가고 사랑은 남았다.

미움도 사랑

미워한다, 는
사랑하지 않는다, 가 아니에요.

사랑은 미움까지도 포함한 것,
미워할 수조차 없게 되는 것이 사랑하지 않는 거예요.

만약 사랑했지만 미워졌다면
미워할 만큼이나 사랑하게 된 거라고요.

처절하게 외로웠던 이유가
술병보다 고독했던 이유가
그보다 침묵하기 위해서 했던 연습이었단 말인가.

당신 떠나는 길
그 어떤 때보다 외로움으로 얼어붙는 듯 보였다.
어떡하지, 손잡고 같이 갈 수도 없는데…
오로지 혼자 가야 하는 길이니.

떠올려주시리라 믿는다.
살아온 날들에 우리 함께했던 시간을.
하얀 안개 속으로 홀로 걷는 당신이여.

우리 만남에 눈 내리던 날

기쁘던 이야기는 포근함으로 기억된다.

낮이 떠나는 시간,
낮게 드리운 어둠 사이로 수다가 이어진다.
만남이 길어지는 사람들의 총총한 마음이 별이 된다.

우리 서로 몰라야 행복하다.
다시 모르던 때로 돌아가고 싶을 때가 있다.
너를 알고 나니 아는 게 맞는지 헷갈린다.
내가 아는 너는 내가 생각하는 너.
하지만 내 생각대로인 너는 단 몇 번뿐이었다.
그마저도 내가 너를 안다고 착각하고 있는지 모른다.

나는 네가 끊임없이 궁금하다.
알고 싶고 닮고 싶다.
사랑이라면 말이지.

너는 나를 궁금해하지 않는다.
너를 내게 알려주지 않는 것처럼.

너를 모르고 바라보는 것이 슬프다.
너를 전혀 모르던 널 만나기 전보다 더 슬프다.
사랑은 슬픔마저 정들어 가는 일.
내 슬픔에 정이 들어 내려놓지도 못하는 일.
사랑에 빠지니 그런 감정의 날씨에도 익숙해져 버린다.

여자는 사람을 사랑했고
남자는 여자를 사랑했다.

박음질
··················

사랑을 가슴에 새겼다.

그것은 지울 수 없는 문신이었다.

한 번 새긴 하트는 영영 가슴에 남았다.

지우는 데 정성을 들여도 좀처럼 지워지지 않았다.

어려서부터 바느질에 소질이 있었다.

그중에서도 박음질 솜씨가 재봉틀 수준이었다.

뭐든 조근조근 침착하게 해내는 나였다.

그런 식으로 사랑도 가슴에 대고 적확하게 박았다.

죽어라 죽어라

죽어라 노력하면 뭐라도 되는 줄 알았다.
나도 그랬고 당신도 그랬다.
언제부턴가 당신이 죽으려 하지 않는다.
모든 걸 내려놓았다는 소리가 들린 후
그로부터 당신은 멈추어 있다.
적어도 내게는 그렇게 보인다.
하얀 웃음기가 사라졌으니.
죽자고 덤빌 때는 기쁘더니
사는 일이 어디 욕심이나 되는지.
살고자 하는 게 살아가는 거 아니었는지.
단 한 발도 앞으로 가지 못하는 당신.
시간은 홀연히 천 바퀴째
눈 밑 탁한 그림자 안개를 걷는 동공
술술 풀리지 않고 엉킨들 어때
죽어라 죽어라 죽을힘인데 살지 못할까.
설마 조금도 내 것인 게 없을까.
나는 당신이 꼭 죽은 것만 같아.

죽을 듯 달려 살고 있었는데
살고 싶다니 죽은 것만 같아.
나는 오늘도 죽을 지경이야.

바람의 숨결

내 것이 너무 소중해서 결코 잃을 수 없다고 했어.

왜 하필 내 것을 뺐느냐고 하늘을 원망했지.

나약한 나는 결국 소중한 걸 무참히 잃어버렸어.

죽을 마음이었지.

그때 놀라운 일이 벌어졌어.

세상이 두 쪽 났는데 그 사이로 새 소중함이 자라는 거야.

내가 할 수 없는 일이었어.

내가 한 일이 아니었던 것 같아.

누군가의 존재가 느껴지는 그런 일이 나를 살리고 있었어.

소중함이 빠져 나간 구멍으로

빛이 들어오더니

바람이 오가더니

뭔가가 차올라 하늘로 높이 자라나는 거야.

세상에는 우리가 알지 못하는 힘이 존재하더라고.
때로는 눈물이 폭포수로 흐르게 하고
때로는 간지러운 웃음을 멈추지 않게 해.
정신을 빼놓은 뒤 알 수 없이 찾아들어.
사랑할 능력을 잃게 하지 않으려고 애쓰는 존재가.
사랑을 잃어도 다시 사랑하게끔.

인생엔 사랑 말고도 많은 게 있으니까
사랑 좀 잘 안 된다고 해서 실망하기 없기.

미뤘던 날들에 대한 보상

길어지는 것들은 잘라내야 속이 시원하다. 차일피일 미루다 보면
가늘어지고 길어지게 된다. 손톱이 그새 많이 자랐다. 깎아야지, 몇
날 며칠을 지나왔다. 도저히 안 되겠다. 자르고 싶어 미치겠다. 머리
가락이 많이 자랐다. 점점 묵직한 느낌이 강해진다. 미용실이 일 년
에 갈까 말까하는 해외여행만큼 거리가 멀다. 결국엔 가고야 말 일
이지만. 미뤘던 날들에 대한 보상은 어느 날 갑자기의 돌풍처럼 짜
릿하게 지나간다.

그랬다. 참을 수 없는 것들은 잘라내야 한다. 찜찜함이 더 자라나기
전에 감행하는 순간이 가장 적기이다. 묻혀서 쌓인 것들은 때가 되
면 부풀어 폭발하고 만다. 감정이라는 게 그렇다. 늘 쓰는 글 말고
도 잠정적으로 축적된 감정을 맞이하는 때가 있다. 갑자기 흘러 쏟
아지는 것에 대해 감당이란 없다. 받아들이는 게 상책이다. 다 흘려
보내야 속이 잠잠해지듯 불편함이 사라지게 내버려두어야 한다. 창
작은 억누를 수 있는 게 아니다. 이상하게 특정한 병이 없는데도 자
주 아팠다. 시름시름 앓다가 주체 못 하는 생각을 어디에라도 적고
나면 좀 괜찮았다.

그래 봤자 임기응변 같은 거였지만.

나는 기질적으로 발산이 필요한 사람인가 보다.

표현의 자유를 누리고 싶은 욕구가 강한가 보다.

나에 대해 잘 안다고 말 못 하지만 나는 그런 사람인가 보다.

아직은 견딜 수 있을 것 같다가도 꾹꾹 잘 참다가도 가슴속에서 뭔가가 급작스럽게 요동을 쳐댄다. 살고 싶은 생명 비슷한 것이 스스로 세상 밖으로 기어나오는 때 참았던 눈물이 아주 작은 반응에도 터지고 마는 때에는 받아내야 한다. 스스로를 받아주어야 한다. 어떤 결과를 안겨주든.

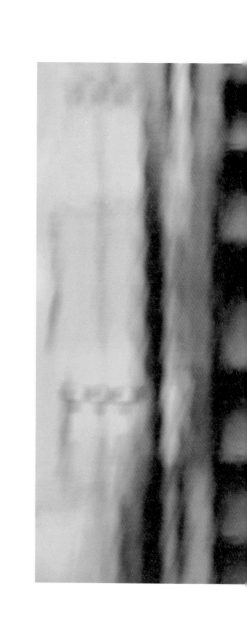

떠나지 않아도 떠나는 그녀

그녀는 해맑게 웃으며 말했다. 이때껏 사는 곳을 떠나본 적 없다고.
웃을 때 듬성듬성 남은 이 몇 개가 활짝 드러나 그녀의 삶을 여실히
증명하고 있었다.

베트남 메콩강에 배를 띄우고 과일과 쌀국수를 팔며 하루를 이어가
는 그녀의 삶은 그 자체가 벗어날 수 없는 현실이었다. 아니 현실을
떠나서는 안 될 지경으로 보였다. 하루가 전부처럼 보이는 그녀. 내
일을 위한 오늘이라기보다 오늘이 전생에인 듯 보이는 그녀. 그래
서였을까. 그럼에도 그녀의 표정이 밝고 행복하기만 하다. 오늘에
만 집중하면 되니까, 오늘 있는 힘껏 웃는 걸까. 내일을 위한 걱정
은 내일에 있을 거니까.

TV로 베트남 여행기를 시청하다가 그녀 웃음이 마음 깊숙이 치고
들어왔다. 나는 베트남에 간 적이 없지만 앞으로 베트남하면 그녀
를 먼저 떠올릴 것 같다. 베트남을 다녀온 지인으로부터 선물 받아
인상 깊었던 베트남 건망고, 커피, 땅콩보다도 강렬했던 그녀의 웃
음을. 만나지 않았는데 만난 듯 기억에 남다니. 꿈같은 기억이 가능
하다니. 그녀의 욕심 없던 표정이 나에게 어떤 의미가 되었나 보다.

스웨덴에서 온 두 여인이 과일을 사고 프랑스에서 온 청년이 쌀국

수를 사먹는다. 말이 통하지 않아도 적당히 웃을 이야기가 오간다. 하루 종일 배 위에서 관광객을 마중하고 배웅하는 그녀. 그녀가 가만있어도 세상이 그녀 곁을 바람으로 지나간다. 그러니 수십 년간 그녀를 다녀간 사람들이 얼마나 많겠는가.

베트남을 여행한 사람들 중 그녀를 기억에 두고 사는 사람들이 있을 것이다. 그녀와 기념 사진을 찍은 사람들이 있을 것이고, 그녀의 배를 지나치다 풍경사진으로 남긴 사람도 있을 것이다. 그녀가 사는 곳의 반대편 세상으로 떠나지 않아도 그녀의 배에서 만난 사람들은 곧 세상이다. 그녀 얼굴이 말하고 있다. 떠나지 않아도 떠나는 사람들이 부럽지 않다고. 한 번도 떠날 수 없는 현실을 탓하지 않던 모습이 괜한 것이 아니었음을. 그럴 만한 현실에 있는 그녀이다. 그녀만이 아는 나름의 만족이더라도.

몸을 두고 마음만 떠나도 되는 거였구나. 만약 마음을 현실에 두고 몸만 떠난다면 떠나도 떠나는 게 아니겠다. 마음은 어디에도 있고 어디에도 없을 수 있는 거니까. 진정 여행자로 산다면 몸이 어디에 있든 중요하지 않은 거지.

떠나지 않아도 떠나온 이를 만나며 떠나온 이가 사는 곳을 마음으로 다녀왔을 그녀. 떠나지 못해도 여행자들과 매일 낯선 순간을 보낼 그녀. 그녀가 사는 곳이, 그녀가 하는 일이 세상과 닿아 있다. 모르긴 해도 그녀는 항상 여행 중이있을 거다.

유일한 선물

뮈라도 해야 하는데 단 한 가지밖에 할 게 없다면
가만히 있지 못하고 그거라도 하게 돼.
우린 그런 선택을 하며 살지.
살아가면서 이상한 경험 많이 하지만
특별히 내게만 오는 경험이 있어.
그것은 내가 선택한 거야.
나에게만 허락한 당신의 배려인 거지.

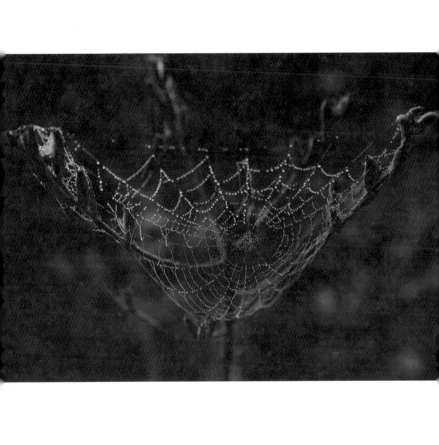

아는 것과 모르는 것의 차이

아는 것은 쉬운 것이고 모르는 것은 어렵다.
아는 것은 관심이 있고 모르는 것은 관심이 없다.

나와 당신은 쉬운 것, 어려운 것이 달랐다.
내가 쉬우면 당신은 어렵고
당신이 쉬우면 내가 어려웠으니.

당신에게 쉬운 것을 내가 모른다고 놀리지 마시길.
우리 각자 다른 쉬움과 다른 어려움이 있으니.
내가 알면 쉽고 내가 모르면 어려운 거.
안다는 것마저도 무척 이기적이다.

서로를 돌보는 사이

너희는 둘이구나.

같이 있는 너희를 보자니 빈집에 혼자 있을 파즈가 더욱 가엾어.

몇 해 전 딸의 생일 선물로 잉꼬 한 쌍을 입양했었어.

그들의 이름을 영화 〈천공의 섬 라퓨타〉의 주인공인 파즈와 시타로 지었었지.

마음 아프게 시타가 올해 겨울 세상을 떠나고 말았어.

짧은 인연이었을까.

샘날 정도로 다정해서 파즈와 시타를 물끄러미 볼 때면

나도 저들처럼 사랑하며 살아야지, 마음 부추기곤 했었거든.

혼자 남은 파즈가 한동안은 측은하고 애처롭고 그랬어.

자나 깨나 들여다보며 걱정을 했는데 요즘 파즈가 새 열 마리 몫을 해.

얼마나 수다스러운지 가끔 귀를 막거나 베란다 창을 닫아버릴 정도야.

도무지 시끄러워 견딜 수가 없다니까.

한편으로는 그 쾌활함이 슬퍼 보여.

분명 한동안은 시타가 떠나고 시무룩했거든.

돌연 변한 거야.

혼자서도 꿋꿋하기로 작정이나 한 듯이.

파즈가 슬픔을 극복해줘서 다행이긴 한데

보는 내 마음은 그 모습도 안타까워.

혼자가 된 엄마 같기도 하고 혼자 오래 사셨던 어머니 같기도 해서.

누구나 외롭고 고독한 건 알겠는데

나의 고독이든 남의 고독이든 그게 영 담담해지지가 않네.

파즈가 힘들고 무너지려는 나의 마음을 다시 회복시키기도 해.

혼자도 쾌활한 파즈를 보며 나도 파즈처럼 씩씩하자며 힘을 내게
되거든.

그렇게 나는 파즈를 돌보고

파즈는 나의 기분을 돌보고 있어.

우리 이만하면 잘 지내는 거 맞지?

같은 시공간을 살고 있다면 누구와도 동반자인 거니까.

서로 살뜰히 돌보게 되는 거지.

오늘은 집에 가서 파즈에게 고맙다는 말부터 전해야겠어.

극과 극
·····················

슬프면…
외로우면…
내가 갈 수 있는 가장 아름다운 곳에 간다.
찬란했던 추억을 떠올린다.
환하게 눈부시던 그대의 순간을 그리워한다.

반대로 가장 아름다운 장면에 서면
나도 모르게 눈물이 끓는다.
아름다운 피아노 연주를 듣는데 가슴이 찢긴다.
아름다운 당신 앞에 섰는데 서러움이 복받친다.

아름다움을 마주하는데 슬프고
슬프니까 아름다운 곳으로 향하는 나를 보니
이 둘의 관계가 수상쩍다.
원래 한 가족이었던가.
석양과 눈물이 한 쌍인가.

안부

나는 아주 잘 지내고 있어요.

조금의 고민과 견딜 만한 몸의 통증이 있지만
대부분의 시간을 흐뭇하고 흡족하게 보내고 있어요.
세 끼를 먹는 것이 그리 고달프지 않고
주어지는 일은 열심히 감당하며 지내요.

화초에 잊지 않고 물을 주고
마음이 건조해질 무렵 촉촉한 영양제도 먹이고 있고요.
빡빡한 일상이지만 띄엄띄엄 쉬어가기도 해요.
누군가가 나를 항상 바라보고 있음을
나는 또 돌봐줄 누군가가 있음을 고마워하며 지내요.

세상과의 담벼락을 쌓지 않고
감성이 무뎌지게 버려두지도 않아요.
최대한 나를 잘게 나누어 많은 것에 닿을 수 있게 해요.
콩이 곱게 갈릴수록 물에 닿는 표면이 넓어져

깊고 진한 커피 맛이 우러나는 것처럼

나는 다양한 것에 관심을 가지고

그것들이 알뜰히 모여 한 덩어리로 느껴지는 것을 즐기고 있어요.

시간이 시간보다 빠르게 가는 게 아쉬울 정도로

주어지는 시간에 대한 고마움을 갖고 허투루 쓰지 않으려고 해요.

그럭저럭 잘 지낸다고 믿으니

사소한 것에도 감칠맛이 나고

순간순간 내 삶의 향기가 느껴져요.

밖은 영하의 날씨인데 코끝에 꽃향기가 스쳐요.

나 이렇게 건강하게 지내니

부디 당신도 당신 있는 곳에서 행복하게 지내길 바랄게요.

나는 사라지지 않습니다

나는 종종 사라지기를 반복합니다.
여기에는 없지만 어딘가에는 있습니다.
어딘가에 없으면 여기에 있습니다.

앞으로 걸어 나간 만큼 뒤가 사라지고 없다.
낯선 길을 걷다가 드문드문 뒤를 돌아보게 되는 것도
사라지는 아쉬움, 그것이 나를 불러 세우는 까닭이다.
나를 한 번이라도 더 보겠다는 신호를 보내오는 것일까.
길을 걸으며 뒤를 힐끔거리다가 이내 작정하고 뒤로 걷기를 시도
한다.
앞이 보이지 않자 낯선 길이 두 배는 낯설어져 불안하기 짝이 없다.
이대로 가다간 뭔가에 부딪치거나 뭔가에 걸려 넘어지겠다.

앞을 보지 않으니 등 뒤에서 밀려오는 풍경이 두렵다.
옆으로 갑자기 나타나는 것이 예측 안 되어 떨리기까지 한다.
앞으로 걸을 때는 한 번 본 풍경이 뒤로 가는 것이어서
기억 뒤 어디쯤에 한동안은 남을 터이니
사라지는 것에 대한 아쉬움이 적었던 것 같다.
그래 봤자 언젠가 사라질 테지만.

눈이 앞에 있어 잎으로만 잘 걸을 수 있게 된 것일지도 모른다.
예측하며 살라고 신이 인간의 눈을 앞에 두었는지도.
그러면 뭐하나.
신의 배려에도 불구하고 놓치고 사는 것이 너무나 많다.

뒤로 걸으니 빨리 걷지는 못하지만
사라지는 것들을 천천히 목격할 수 있다.
저기 우체통이 곧 안 보이게 될 것이고
저 교회도 곧 선으로만 보이게 될 것이다.
걸을수록 모든 것들이 지평선에 묻히게 될 것이다.
선으로만 남다가 선마저 보이지 않을 것이다.
한 발자국만 더 걸으면 아무것도 없겠다.
좋았던 모든 순간이 사라지는 걸 지켜보고 있으려니 무척이나 아프
고 난감하다.

차라리 몰라야 행복하기도 하다는 것을 이 순간 깨닫는다.

눈맞춤이 강렬했던 것은 눈앞에서 사라져도 사라진 게 아니다.
사라지는 순간을 생생이 지켜본 것은
영원히 떠나갔으리라 의식하지만
떠남을 본 적 없고 보낸 적이 없는 것은 사라진 게 아니다.
그냥, 여기 내 안에 멈추어 있는 것이다.
판화인 듯 찍힌 상태로.
앞으로 갈수록 더 깊숙이 각인되는 것이더라.
앞을 향해 걸어간 발자국들은 기억을 깊게 박는 행진이었으리라.
점점 깊이 박히는 것들은 쉽게 사라지지 않는다.

사라져가는 것을 치열하게 지켜내기 위해
어쩌면 오늘 걷고 또 걷는다.

이해가 필요 없는 순간

외로운 밤을 즐기는 나이가 온다.
고독을 연인 대하듯 사랑할 날이 온다.
그쯤 살았다는 얘기.
외로움을 꺾고 고독과 동거하는
홀로 꽃이 되는 순간을 살게 된 것이다.

긴 문장을 짧은 문장으로 쓸 수 있고
한 문장을 길게 늘여 쓸 수 있는
그런 길이의 변화가 무쌍한 때를 맞는다.
정처 없이 흘러다니는 이유를
덤덤히 종이 위에 올려놓을 수 있다.

여기까지 오면 왜 사냐고 묻지 않는다.

삶은 따져봤자 대답이 없다.
조금씩 조용히 흘러들어 나를 가득 채우고 있을 뿐.
삶이 채워질수록 나는 무거워져
언젠가 저절로 뒤척이지 않게 될 것이다.

나를 감당하다

나의 진가는 실패나 상처를 입는 엄청난 상황에서 드러난다. 고난
을 견뎌내는 것은 분명 대단한 이야기, 견디면서 할 일을 해낸다면
더 대단한 이야기이다.

가령 죽음에 임박했다고 해보자. 사람이 고작 할 수 있는 건 상황을
인정하지 않거나 그냥 순조로이 받아들이는 것의 선택일 거다. 거
부해도 소용없다면 받아들일 수밖에. 받아들이면 곧 담담해지고 남
은 시간에 할 수 있는 것에 몰두하게 된다. 상상을 뛰어넘을 용기가
생긴다. 절박하면 없던 용기도 내게 되니, 사는 동안 나를 살려내는
구원자가 되는 것이다.

세상 어디에도 삶을 이렇게 살아야 한다는 걸 알려주는 삶 설명서
는 없었다. 아침이 되어도 몸이 무거운 것은 보이지 않는 무게를 달
고 있어서일 텐데. 손 하나 까딱하기 싫은 것도 보이지 않는 무거움
이 손가락에 걸려 있기 때문이고. 자기 몸인데도 쉽게 일으켜 세우
지 못한다면 삶의 무게를 생생하게 겪는 중인 거다.
나는 매일 아침, 매 순간 나보다 육중한 삶을 느낀다. 얼마나 거대

한지 알 수 없으나 무겁다 못해 쑤시고 결리고 때로는 숨마저 막힌다. 삶에 저항하면 할수록 나의 뼈마디는 녹이 슬고 고단한 피부엔 깊은 골이 파인다.

어떻게든 되겠지 방치해둔 삶을 다잡아 끄는 데 드는 힘이란, 앉았다 일어나기 백 번의 무게를 한 번에 세 배쯤 감당해야 하는 것과 비슷하리라. 그 이상의 무게와 짓눌림을 이겨내고 서야 할 수도 있다. 방치할 때는 될 대로 되겠지 했다. 돌아오는 후회가 민망해 이제라도 사람답게 살아보자 움직일 때는 중력과 맞서 지구를 들어 올릴 만큼의 괴력이 필요하게 되리라곤 꿈에도 몰랐다.

이렇게 뒷감당이란 게 처절한 줄 진즉 알았더라면 십 대를, 이십 대를 마구 흘러가도록 내버려두지 않았을 텐데. 삼십 대에라도 정신을 차리고 살았을 텐데. 서른아홉 살이 되어서야 그동안 헛살아온 과적된 삶이 괴팍스럽게 무너져 내리는데 그 괴로움이 너무도 끔찍했다. 살아있는 게 고달파서 차라리 죽는 게 낫겠다 싶더라. 나는 나의 세월에게 왜 좀 더 호의적이지 않았던가, 더 잘 돌보지 않았던가, 스스로를 버려두었던가. 나이에 맞는 옷을 입지 못한 내가 비참하도록 안타까웠다.

바로 그런 처절함이 파도칠 때 너덜거리는 실망을 끌어안고 세상으로 전력질주하고 있다면 나름 최선을 다하는 삶이 아닐까. 뛸 수 있다면 얼마나 다행한가. 삶의 무게에 눌려 아무것도 하지 못하면 아무런 인생도 가질 수 없다. 우울한 삶으로 끝날 수도 있다.

한계를 넘어서는 시도를 하면서 아픔과 마주하는 것이 나에겐 그리 나쁘지만은 않았다. 언제부터 비축되었는지 모를 힘이 절박한 상황에 이르자 두터운 자괴감을 뚫고 오를 정도로 대단했다. 마치 숨은 신공을 발휘하기 위해 그토록 자신의 뒤통수를 치고 살아오기라도 한 것처럼.

죽을 것 같으면 살아나고 살 것 같으면 죽어가는 반복이 삶이었다.

그림자도 저마다 이야기를 가진다.
그 속엔 보이지 않는 삶이 덩어리째 들었다.
나의 그림자에도
너의 그림자에도

그림자는 함축적이고 묵묵하다.
설명하지 않고 무덤덤하다.
어떤 상황에서도 침착하고 진지하게 붙어있다.
나를 놓아버리거나 과하게 드러내지 않는다.
나를 꽃으로 받치고 있다.
나보다 겸손하고 예술적이다.

30년이 훌쩍 흘러서야 알았다.
'아, 그때가 시작인 거였구나'를.
우연히 찾아간 고향 같은 곳에서
나의 걷기가 여기서 시작되었단 걸.
그 시작이 겨우 열 살 무렵이었던 걸.

희미한 추억에 기록된 날짜와 장소가 여기였구나.
아마도 끌리는 의식을 걸었던 거였으리라.
의식이 출발한 대로 따라간 거였으리라.
그날은 십 년을 산 시간만큼 아득하게 걸었다.
나에게 삶이 등장하는 날이었으니.
처음 만난 거대한 삶을 어쩌지 못해 걸어야 했다.
그러니까 나의 걷기는 삶을 첫 대면한 그날부터였다.

첫발이 시작된 기록

\# 안녕

낯설지만 멋진 길을 달려왔다.
이제 감사하며 잠시 쉬어도 좋을 시간이다.

기억하는 모든 일들이 각별한 추억으로 더해지길.
내게 온 날들아 고마웠어.

공백
··············

인생은 이거다, 할 만한 한 줄 문장이 필요하다.
아무도 가르쳐주지 않기에 스스로 알아내기 위한 궁책을 마련해야
한다.

아무도 없을 때
아무것도 가진 게 없을 때
비로소 가질 수 있음을 깨닫는다.
혼자인 것이 혼자가 아니기 위한 것임을
외로움조차도 외롭지 않기 위한 것임을
최악의 상황이 새로운 시작이 되는 것임을
그 무엇도 잃지 않고서는 아무것도 가질 수 없음을
다 잃으면 잃을수록 가질 것이 많아지는 것임을

나에 대한 예의

내 안에 헤엄치는 불행을 읽어내지 마라.
지금 느끼는 것이 내가 원하던 것이 아니라면
용감하게 생각을 끊어라.
슬픔에서 걸어 나오는 것만으로도 나는 행복한 사람이다.
이 순간 아름다운 발자국을 남기며 걸어라.
추억은 지워지지 않는 한 번뿐인 나의 삶이다.

내가 매일 나 같은가요?
사실은 매일 달라요.
몸도 마음도 하루하루 달라지지요.
내가 내일도 오늘과 같을 거라는 착각,
언제나 그대로인 나라고 우기고 있는 거예요.
나는 아닌데
그대가 변한 거라고.

나도 변하고 그대도 변해요.
세포가 하루면 헤아릴 수 없이 죽고 태어나고
마음은 크기가 줄었다 늘었다 변덕이에요.
하루도 쉬지 않고 매일매일 다른 나.
그래서 혼란스러운 겁니다.
매일 다른 나니까.
매일 다른 그대니까.

THE DEPARTMENT STORE
CAPITAL OF FASHION*

JCDecaux Airport
Paris

40, BD HAUSSMANN 75009 PARIS. MÉTRO : CHAUSSÉE D'ANTIN-LA FAYETTE - TÉL : +33 (0) I 42 82 36 40
Ouvert de 9h30 à 20h du lundi au samedi. Nocturne jusqu'à 2Ih le jeudi. Open Monday through Saturday from 9.30 AM to 8 PM.
Late opening every Thursday until 9 PM. /:Le grand magasin, capitale de la mode.
Shopping mode 24h/24 sur galerieslafayette.com

지금 혼자여도 괜찮다

외롭다면서 그대는 왜 그대를 그리워하지 않는가.
외로움의 시작은 나이다.
간절하게 나를 반겨주어라.
누구보다 그리워하라.
떠나간 내가 뒤돌아볼 수 있게.

뜨겁지 못한 채로 있지 말라.
혼자서도 뜨거워져라.

내가 아프지 않도록 외롭게 두어라.
혼자이지 못하면 여럿이어도 슬프다.

쏟아져 나올 것 같은 나를 막지 말자.
그녀가 오고 싶을 땐 맘껏 오게 두자.

찾아오는 그녀를 기쁘게 마중하자.

사람들 속에서 외롭게 두지 말자.

나를 만나고 나면 사람들 속에서도 웃는 나를 보게 될 것이다.

나는 완벽한 혼자가 아니다.

나에게는 항상 내가 있다.

내가 나를 돌보며 삶을 이어왔으니.

지금쯤 그녀가 지쳤을지도 모른다.

엄마처럼 희생하며 나를 키우느라 많이 고달팠을 것이다.

그런 그녀를 안아주자.

사랑해주자.

아무도 나를 몰라준다고 울지 말자.

내가 나를 안아주자.

나는 나에게 가장 기특한 애정자다.

그대여,

어차피 혼자여도 혼자가 아니다.

그러니 지금 혼자여도 괜찮다.

우리는 서로에게

순간은 기다림으로부터 온다.
어제로부터 흘러오고
내일로부터 짐작된다.

찰나가 쌓이고 쌓여 오늘의 내가 되었다.
잠시 머무르는 동안도 찰나의 연속이고
흩어져 사라지는 동안도 찰나가 움직인다.

나는 너의 찰나가 쌓여 드러나고 돋보인다.
너 없이는, 나 없이는
우리도 없는 것이다.
찰나의 부지런함으로 아름다운 너는
때로는 소망이고
때로는 희망이고
때로는 사랑이다.

찰나를 잠잠히 기다린 내게 너는 사랑의 이름이다.

나는 너로 인해

너는 나로 인해

우리는 서로에게 아름다운 순간이다.

먼 곳을 바라보는 일이 잦다는 건

마음을 멀리 보내야 할 슬픔이 있다는 거.

기대어 살다
....

유럽에서는 집을 개조할 때 좋은 기운을 남기기 위해 예전 집의 흔
적을 남겨두는 풍습이 있다고 해요. 어느 건축가의 얘기로는 높은
층고가 창의적인 사고에 도움이 된다고 하네요. 요즘 집집마다 높
은 층고가 마침 유행이기도 하지요. 이사를 하면 새집에 가상 먼저
들고 들어가는 물건이 밥솥이어야 한다는 얘기도 있어요.
집에 대해 전해오는 풍습이 아니라도 우리 생활 전반에 '어디에 무
엇을 하면 좋다'는 흔하게 접하는 일들이에요. 빨간 지갑을 들고 다
니면 돈 많이 생긴다고 해서 정말 빨간 지갑을 샀던 기억이 있어요.
기분 탓인지 모르겠지만 그 지갑을 쓸 동안에는 좋은 일이 많았던
것 같아요. 집에서 기르던 행운목에 꽃이 피면 경사가 생길 조짐이
라더군요. 한때 친정집 행운목에 몇 번에 걸쳐 꽃이 피니 신기해서
사진으로 기록해두곤 했었어요. 좋은 일이 있었는지 정확한 기억은
없지만 크게 나빴던 일도 없었던 것 같아요.

알고 보면 신빙성 없는 것들이에요. 하지만 그런 말들을 믿는 것이
딱히 나쁘지도 않아요. 옛날부터 내려오는 이야기들은 그 나름의
이유들이 있어서 좋은 기운이 깃들었을 테니까요.

우리들은 어딘가에 기대지 않으면 살아가기 힘든 존재들이에요. 삶이 주는 고달픔에 떠밀린 희망은 어딘가, 무엇엔가 안착을 하려고 들지요. 홀로 서야 하는 존재라서 그런 걸까요. 홀로 서는 데 도움이 되는 지지대 같은 것이 절실해요.

나는 사랑하는 사람에게 기대어 삽니다. 그들이 내 인생을 홀로 세우는데 절실한 위안이고 기쁨이지요. 그들과 진지한 소통이 없다면 오늘의 나는 없었을지도 모릅니다. 살면서 그러구러 깨우친 것은 작은 것에 가치를 불어넣은 것, 그것이 살아가는 일이더라고요.

감사해요. 사랑에 기대어 살 수 있음이…

풍경을 빌리다

눈이 점점 나빠져서 그런지 예전보다 훨씬 자주 바깥 풍경을 바라봐요. 창밖 풍경에 한참 동안 시선을 두고 생각의 자리를 옮겨 다니지요.

몇 해 전 어느 지인이 작가는 땅 가까이 살아야 한댔어요. "땅의 기운을 받아야 좋아요."라는 믿기 힘든 말을 들었을 때는 설핏 흘리고 말았지만 시간이 흐를수록 땅의 기운이 글의 느낌을 더 섬세하게 돋우어주고 있는 걸 눈치챘지요. 아파트 꼭대기에 살 때는 마냥 하늘만 쳐다봤었는데 땅 아래로 내려오고부터는 놀라우리만치 계절의 변화에 민감해졌거든요.

옛날부터 우리의 정서는 바깥 풍경을 빌리는 차경의 문화를 이어왔어요. 창을 액자 삼아 집 안에서 집 밖의 경치를 하염없이 바라보곤 했지요. 창밖을 바라보는 낭만을 알았던 사람들의 삶은 그늘진 응달에 있는 것이 아니라 해가 잘 드는 양지에 놓인 것이나 같았어요. 창 너머의 변화는 외로움을 위로하고, 몰려오는 그리움에 기쁨으로 빠져들게 하고, 작은 것에 대한 소중함을 일깨워주고, 마음 밑 바다의 찬 공기를 따뜻하게 데우는 데 충분했을 거예요. 나 역시 창밖 풍경을 빌려와 걱정을 재우고 희망을 태어나게 하며 살고 있어요. 밖의 어떤 모습도 내게는 위로이고 웃음이 되었다고 볼 수 있지요. 창 너머의 풍경을 물끄러미 바라보고 있다 보면 어느새 거친 삶 너머 어딘가에 닿은 내가 있더라고요.

갈수록 눈이 침침해져 안경을 써야 할 것 같지만 나는 오히려 인위적이고 자극적인 빛을 멀리할 수 있어 좋은 기회로 삼고 있어요. 오늘도 창밖을 보며 나뭇가지 사이로 지나는 바람의 흔들거림을 읽고 있어요. 컴컴하게 얼어붙은 땅 아래에서 벌어지는 따뜻한 성장을 상상하곤 해요. 조용하지만 작은 꿈틀거림이 곧 봄을 피우게 될 거라는 것을 짐작하지요. 눈에 보이지 않지만 마음으로 보면 살아있는 아름다움을 발견하게 되거든요.

나는 이 순간에도 바깥 풍경을 빌리는 중입니다. 아무 조건 없이 무한적으로 좋은 기운을 주기만 하는 창밖 풍경에게 나도 좋은 풍경이 되어주고 싶은 아침이에요. 풍경 같은 사람이라, 느낌 좋네요.

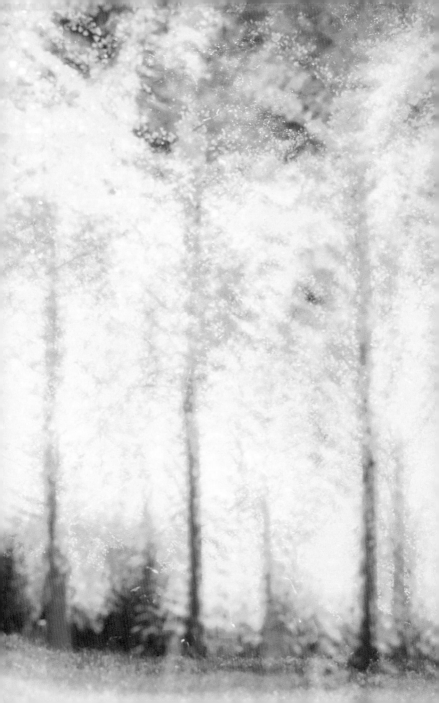

때로는 대책 없이 당당하기
....

무턱대고 밖으로 나가는 것이 나에게 무엇을 가져올지 궁금하다.
나는 그렇게 안에서는 아무 일도 없을 것 같을 때 여행을 떠난다.
이유가 있어서 떠나기보다는 삶에 대한 어떤 명백한 이유가 생길지
도 모른다는 생각으로 떠나고 있다. 그런 대책 없는 떠남이 좋은 추
억보다 좋지 않은 추억으로 남을지도 모르지만 어차피 그런 삶이라
면 당당히 걸어보겠다는 의지를 갖는 거겠다.

누가 시키지 않아도 불쑥 어딘가로 떠나고, 한 번도 해보지 않은 것
을 시도하고, 자꾸 나를 이런 저런 일에 데려가는 건 삶을 적극적으
로 살아보자는, 그래서 알게 되는 것을 즐겁게 느끼고 싶은 마음에
서다. 누군가 등 떠미는 게 아니니 얼마나 좋은지를 다시는 떠나기
싫을 때까지 수시로 해본다. 설사 다시 떠나지 않을 결심을 할 일이
생기지 않더라도 무엇을 쭉 돌파해보는 일은 스스로 강해지는 것이
기에.

겁이 너무 많아서 이렇게라도 스스로 강해지기를 작정하고 바란다.
여행이 매번 행복하고 달콤하지만은 않다. 차라리 이 힘든 걸 왜 또
떠나왔을까 생각해본 적이 좋았던 적보다 훨씬 많았다. 그럼에도
고행인 걷기를 계속한다. 던져버리고 싶은 무거운 짐을 계속해서

끌고 다닌다. 정말이지 무거운 두려움과 용기를 신고 여기저기 누비는 모습이다.

한번은 무겁고 투박한 카메라 하나만 덩그러니 들고 한적한 길을 걷고 있었다. 무작정 걷다가 사진을 찍고, 또 무작정 걷다가 한참을 돌처럼 웅크리고 사진 찍기를 일삼는 여행이라서 그날도 평소 습관대로 길에 없는 사람이었다가 갑자기 길에 나타난 사람이 되었다. 죽은 듯이 있다가 살아 움직이는 일이 때론 가장 두렵다. 내가 누군가를 놀라게 하고 그 모습에 덩달아 나도 기절할 지경이 되기 때문이다.

그날도 그 길에 나 말고도 갑자기 나타나는 여자가 있었다. 호리호리한 몸에 긴 머리를 제 멋대로 늘어뜨리고 긴 치마를 입고 달랑 부엌칼 하나만 들고 있던 그녀. 미친 여자로 보였다. 순간 위기감이 엄습했다. 이 순간을 어떻게 모면해야 하나, 저 여자가 미친 여자가 아닐지라도 나에게 그런 상황은 공포영화 이상으로 끔찍했다. 다시 길 위에 바위로 돌아가야겠다는 절박함밖에 들지 않으니 그거라도 해보는 수밖에. 나는 길에서 바위로 굳어졌다. 카메라를 있는 힘껏 끌어안고 잠시 잠깐 동안 바람에도 흔들리지 않았다. 부엌칼을 든 여자는 가던 길을 무념무상으로 걷는 듯 보였다. 나를 못 보고 지나간 걸까. 보았으나 그냥 무시해버린 걸까. 알쏭달쏭했지만 그녀도 나도 미처 날뛰지 않게 되어 다행이었다. 덥지 않은 10월인데 나의 온몸은 순식간에 식은땀으로 젖어 바람 한 점에 소름이 한 다발이나 돋았다. 살았으니 소름꽃이 피었지 싶었다.

추위가 절정이었던 1월 어느 날, 꽁꽁 언 연 밭에서 오그라든 연 줄기를 찍을 때였다. 조금만 더 가까이 가면 내가 원하는 분위기를 카메라 프레임에 담을 수 있을 것 같았다. 연 밭이 깊지 않으니까 얼음이 깨져도 괜찮겠지 했다. 살금살금 발을 옮길 때마다 언 바닥에 조금씩 금이 가고 있었지만 마지막 한 컷만 더 찍으려는 욕심을 내는 순간이었다. 오른발에 온 체중이 실려 발이 그대로 얼음을 뚫고 박히고 말았다. 방한화를 신었지만 찬기가 스며드는 것을 느꼈다. 이대로 있다간 동상에 걸릴 것 같았다. 지나가다가 이 상황을 지켜보던 사람이 그런 내 모습을 보고 안타까워했다. 나도 내 처지가 누구보다 안타까웠다. 스스로에게 사고를 내버렸으니…. 울고 싶었으나 눈물이 해결해줄 일이 아니기에 울음 꾹 참고 아무렇지도 않은 척부터 했다. 눈 감았다 뜨면 집이면 좋겠다는 생각이 간절해지더라.

길 위에 있으면 집에 가고 싶다는 생각을 수차례 떠올리곤 한다. 집에 빨리 가고 싶은 때도 있지만 결국 집으로 가는 날에는 벌써부터 이번 여행이 아쉽고, 그립고…. 집에 도착해서 일주일이 지났을 쯤에나 있을 그리움을 미리서 떠올리고 있다.

경험을 통해 성숙해지면 자연스럽게 행복이 무엇인지 느껴졌다. 계단을 헉헉대고 올라 마침 도착한 꼭대기 층에서 결국 해내고야 말았다는 스스로에게 대견한 마음이 생기는 그런 멋진 쾌감이. 그런 전율은 놓치고 살 것들이 아니었다.

아무리 하찮은 것이라도 꾸준히 하고 있다면 나름의 좋음을 발견한 것이리라. 그것이 겉으로 보기에 그다지 멋져 보이지 않을지라도 매일 걷기를 한다거나, 매일 낙서를 하더라도 그것만으로 느끼는 만족스러움이 분명 있는 것. 매일, 자주해보지 않고서는 절대 알 수 없는 기쁨이 있다. 그것을 느끼는 사람이 나여야만 하는 절묘한 포착이 주는 들끓는 행복을 나는 좀 알아버렸다.

어떤 목적 없이도 행복을 주는 것들이 있다. 내가 아는 한 여자는 다른 건 안 해도 운동은 빼놓지 않고 한다. 매일 피트니스 센터에 간다. 모임에 나가지 않더라도 약속에 좀 늦더라도 그녀에게는 운동이 영순위이다. 운동을 빼먹고는 좋을 것이 없어서 그런 거란다. 운동을 한 후에라야 다른 것들도 좋게 느끼는 그 사람만의 감정이 있는 것. 타인은 절대 알 리 없는 그녀만의 만족인 것. 그녀는 자기만의 경기를 즐길 줄 아는 사람이다. 누군가와 경쟁하지 않고도 누리는 탁월한 기쁨을 알아버린 것이다.

무턱대고 하는 것이 나에게 무엇을 가져올지 알지 못한다. 다만, 하면서 알게 된다. 내가 살아있음을, 위태로운 지경에 놓이더라도 살아있는 자체를 느끼게 해줄 만족은 어떤 두려움도 이겨내게 하고 어떤 무거운 짐도 짊어질 수 있게 한다. 아마도 내가 시시때때로 떠나고 어딘가에 있다가도 없는 이유이다.

거리, 바람이 분다

모든 일 앞에 의연하게 잘 지냈다고 생각했는데
몸은 그렇지 않았나 봐요.

몸이 투정을 부리고 맙니다.
주말 내내 누워버렸어요.
아프다고 하니 쉬게 할 수밖에 없었지요.

가끔, 몸을 내가 가진 소지품처럼 생각할 때가 있어요.
아무 때나 필요시에 덥석 꺼내서 닳는지도 모르고 쓰게 돼요.
그러다 아차 싶어요.
무리하게 썼다 싶을 땐 이미 아픔이 신호를 보냈을 때거든요.
"이 정도쯤으로, 겨우 이만큼인데, 좀 과한 반응을 하네."
황당한 마음도 들지만 한편으로는 예전보다 약해진 몸과 마음이 짠
하기도 해요.

몸과 정신의 사이가 비워져 있어야 하는 걸 잊었어요.

몸이 간격을 두지 않고 정신을 쫓아가느라

몸과 정신이 너무 붙어버리는지도 몰랐어요.

이제 바람이 지나가도록 몸과 정신의 거리를 조금 비워두려 해요.

밖에 비가 와요.

창을 열어 찬 공기를 들이니

몸과 정신이 적당히 분리되는 듯해요.

오늘은 다급하지 않은 넉넉한 하루가 될 것 같아요.

무엇이 되겠다고 쏟아지는 것

궁금함을 가질 것.

호기심을 가질 것.

이것이 부족하면 사랑이 없는 것.

관심은 삶을 지키려는 의지인 것.

스치는 생각 적어둔 걸 오도카니 바라봅니다.

바라보는 것 자체가 관심일 텐데요.

한참을 뚫어져라 보며

마음이 정하는 대로 생각을 정리해봅니다.

어젯밤 꿈이 떠오르고

하늘을 올려다보며

열린 창으로 무분별하게 들려오는 소음을 듣습니다.

왜 그런 꿈을 꿨을까를

하늘은 지금 어떤가를
창 너머의 소음들 하나하나 짐작해보고 있는 나를 느낍니다.
그다지 중요한 것도 아닌데
눈길, 마음길을 둡니다.

궁금하다거나 호기심이 생기는 건
복잡하다기보다 편안한 관심입니다.
흐릿해서 막연한 것들이 사랑을 덧입고 또렷해지는 것이지요.
그것들이 곧 나에게 드러나는 삶의 모습입니다.

무엇이 되겠다고 쏟아지는 것에
말을 걸면 내게로 와 이야기가 되었습니다.
삶은 거창하지 않게 꽃으로, 별로, 바람으로 다가왔죠.

나는 지금,
꽃들 중에 꽃과, 별들 중에 별과, 바람들 중에 바람과
나지막이 대화하는 중입니다.
삶이 조용하고도 깊게 다가옵니다.

244

텅 빈 방에 앉으면 시계 소리가 방 안 가득입니다.

삶의 발견이란 그런 거예요.

자신의 방에서 아무도 대신 할 수 없는

흘러가는 시간의 소리를 들어보는 것.

무뚝뚝하게 다가오지만 나를 위해 쉬지 않고 소리를 내고 있어요.

나의 삶은 이 간결한 리듬 위에 기록되는 이야기들이랍니다.

살지만 살고 있는 곳으로의 여행

일상을 보내는 곳에서 엉뚱하게도 여행자가 된다면 나는 어떤 모습일까. 단순히 그것이 궁금해 나를 일상인이 아닌 여행자로 둔갑을 시킨다. 여행에서는 뭐든 자세히 보는 버릇이 있기 때문에 익숙한 곳이 낯선 곳이 되면 무엇을 보게 될지 알 수 없다. 하나라도 놓치고 싶지 않은 여행자의 모습으로 집에 머문다면 나는 무엇을 느끼게 될까.

혹시 일상에서 너무 많은 것을 소진하고 있다면, 속은 비고 쭈글쭈글한 가죽만을 걸치고 있다면, 죽어라 살아서 허무한 숨을 내뱉고 있다면, 일상을 잠시라도 두고 떠날 수 없다면 지금 사는 곳에서 여행을 시도해도 된다.

여행은 부족한 것을 견디는 시간이다. 여행가방 안에는 필요한 물건들이 다 든 것 같지만 없는 것이 더 많다고 느끼곤 한다. 실제로 여행에서는 없는 것에 대한 불편을 참는 것으로 때우는 때가 허다하다. 분명 없는 것 때문에 조금 전까지 투덜댔는데 눈앞에 펼쳐진 풍경을 마주한 순간 나 혼자 행복한 여자로 변신한다. 아름다움 앞에서는 불편도 불편이 아니다. 겨우 불편했던 한 가지를 코웃음으로 날리게 된다. 무아지경의 감탄사만 격하게 반복한다. 그 순간 아무것도 중요하지 않다. 오로지 내가 이곳에 있다는 사실이 고마울 따름 아니던가.

일단 집을 부족한 상태로 만들어야 여행지처럼 지낼 수 있다. 최소한의 것이 있어야 부족한 나머지가 근사한 이야기를 만들어내는 것이니까. 숙소는 깔끔하면서도 텅 비어 있어야 한다. 처음 왔던 대로 공간만 남겨두고 홀가분하게 떠날 곳이니.
가볍게 여행을 떠날지라도 꼭 챙겨야 할 준비물이 있다면 그것은 간절함이다. 특별한 여행이 되기를 바라니까, 숙소에 도착하는 즉시 간절함을 꺼내놓는다.

준비해간 돈이 간당간당한데 무사히 여행을 끝내본다. 마지막 남은 커피 한 잔이 몰라보게 그윽한 것을 느껴본다. 드라이기가 없어 자연바람에 젖은 머리를 가까스로 말리고 손가락 빗질을 해본다. 화장품도 샘플만을 쓰고 사용한 수건은 바로 빨아 의자에 펴서 걸어둬 본다. 겨우 몇 벌의 옷으로 살아본다. 여행 가방에 꼭 필요할 생필품만 담고 필요할 때마다 꺼내고 도로 넣어둔다. 곧 떠날 사람처럼 가방 안은 계속 정리된 상태로 둔다. 가끔 때를 놓쳐 끼니를 굶어본다. 무작정 이 거리 저 거리를 걷다가 오늘을 기념할 만한 물건 하나쯤을 산다. 집으로 돌아오면서 숙소에 돌아오듯이 편의점에서 맥주 한 캔 정도만 사들고 온다. 이렇게 내가 여행 가면 어떻게 지냈는지 잘 기억했다가 일상에서 비슷하게 따라해본다. 일상인데 여행 온 사람이 되면 나의 모든 주변이 새롭다. 하나라도 놓치고 싶지 않아 모든 것에 간절하다. 상상도 못 할 놀라운 일들이 벌어지니 직접 해보지 않을 이유가 없다.

집이 여행지가 되면 그동안 일상에서 놓치고 산 이야기들이 차츰차츰 빈 공간을 메운다. 아주 작은 변화를 줬을 뿐인데 내가 사는 일이 꽤 멋지고 위대하기까지 해서 감격하게 된다. 어차피, 이 세상에 여행자로 왔으니 좀 더 생생하게 여행자처럼 살아볼 일이다. 멀리 떠나지 않아도 멀리 떠나온 사람처럼 나의 일상을 낯설게 즐겨보자.
인생이 독한 술처럼 쓰디쓸 때는 집으로 떠날 가방 하나 꾸리면 좋다. 집에서 여행자로 지내보자. 집을 어떤 여행지로 부를지 이름 하나 지어보는 것도 좋다. 그 이름이 많아질수록 나는 세계 어디에도 없는 특별한 곳에 다녀온 사람이 되는 거니까.

떠나고 싶은데 떠날 수 없을 때는 최대한 빨리 간절함만을 챙겨 일상을 견뎌보라. 이 순간 지금 이곳에 있음을 나도 모르게 고마워하게 되리라.

세상의 모든 처음에서

육아에 전념하느라 몇 년간 영화관 근처에도 가지 못하고 있을 때였다. 도무지 왜 이러고 사는지 한심해서 무작정 영화관에 갔다. 상황은 뻘쭘했다. 물론 나 혼자 영화를 본다고 눈총주는 사람은 없었다. 혼자 영화 보기가 처음이라서 낯설었던 탓에 내가 내 눈치를 봤을 뿐. 그날 본 영화는 독립영화였는데 제목은 기억에 없지만 감정만큼은 생생하게 남아 있다. 뿌듯함, 짜릿함, 대견함으로 복잡 미묘했다. 영화보다 내 감정에 집중했던 모양이다. 긴 육아에 지친 감정을 오로지 나를 위해 쓸 수 있어서 짧은 시간이지만 대단히 만족스러웠다. 홀가분한 몸이 되니 결혼 전 나로 빙의된 기분이었다.

뭐든 처음이 두렵지, 하고 나면 할 만하다는 생각에 이른다. 혼자 영화 보기에 이어 다음은 혼자 식당에서 밥 먹기를 시도했다. 사실 첫 시도는 아니었다. 지금으로부터 18년 전 진짜 혼밥을 먹은 곳은 일본이었다. 일본 여행에서 적어도 세 번 이상은 그랬다. 어쩌면 일본이라서 괜찮았나 보다. 지금이야 혼밥, 혼술이 아무렇지 않지 오년 전, 육 년 전만 해도 집단문화를 즐기는 한국인으로서 여자의 혼밥은 흔치 않은 모습이었다. 지금은 당당한 신조어가 됐을 정도로 대중화된 문화이지만.

아직 포장마차에 앉아 혼자 술을 마셔보지 못했다. 집에서의 혼술은 즐거운 일상이 된 지 오래지만 밖에서 혼술이라, 역시 아직은 자신이 없다. 하지만 언젠가는 이 또한 해보지 않을까 싶기는 하다.

처음에 대한 발을 내딛고 나면 다음을 설렘으로 기약할 여유를 얻는다. 그런 의미에서 혼자만의 여행은 매우 사적이며 드라마틱한 일이다. 나는 종종 혼자 떠난다. 아직 집으로부터 먼 곳을 여행하기에는 제약이 많으나 짧게, 자주, 가까운 곳으로 떠났다가 돌아오곤 한다. 사실 혼자 여행을 하기까지 숱한 망설임이 있었다. 떠나자니 무섭고 걱정되는 것들이 발목을 잡았다. 여자의 현실에서는 많은 한계가 존재하니까. 어떤 면에서 길을 막고 있는 존재는 그런 것을 두려워하는 내 마음이기도 하지만. 지금 생각하니 다행이다. 나를 막았던 마음, 나는 그것을 스스로 뚫고 싶었고 결국 그렇게 했다.

첫 여행에서 뼈저리게 느낀 게 있다. 걸으면 생각의 속도가 줄어든다는 걸. 너무 빠른 세상, 미처 느낄 사이도 없이 흐르는 시간을 쫓느라 나 그동안 넋이 나가게 바빴다. 여행은 기회였다. 느리게 걸으며 긴 호흡을 통해 이 순간 나는 잘 살고 있는지를 들여다봤다. 육아라는 하나의 꼭짓점만 보고 살아온 내가 보였다. 엄마로서 완벽하기 위해 힘듦도 거부하고 지쳐도 달리는 격이었던 나. 이렇게 살면 안 되는 거구나, 더는 해석되지 않은 시간에 딸려가지 말아야지 하는 결심은 그렇게 마련되었다.

낯섦은 다가오려는 다른 모습의 '나'이다. 나에게 필요했던 건 두려움을 거부할 게 아니라 두려움을 인정하는 거였다. 사실 언제든 세상의 처음을 맞는다. 매일이 세상의 처음이다. 매일 처음 보는 사람이 있다. 그런데도 우리 모두 그 숱한 처음으로부터 무탈하게 잘 지내왔다. 그러니 앞으로도 잘 지내게 될 것으로 안다.

두려움은 낯익지만 친하지 않아.
될 수 있으면 멀리 보내버리지.
그러니까 아무 일도 일어나지 않는 거야.
혼자일 때라도 두려움은 챙겨야 해.
그래야 자신감이 두려움 뒤에 따라붙거든.

맑은 날처럼
....

가장 눈부셨던 날을 꺼내 당신을 미소 짓게 하라.
당신의 여행에서 누구보다 따뜻한 사람이 되어라.
맑은 날처럼 당신의 풍경이 빛나게 하라.

혼자 보기에 아까운 풍경이 있어. 아무라도 데려와 이 찬란한 광경
을 보여주고 싶어. 단 한 번뿐인 다시는 없을 지금 이 순간을.
언젠가 그가 말했어. 후지산을 바라보며 온천욕을 하는데 문득 내
생각이 났다고. 그런 날이 있어. 멋진 풍경에서 함께 하고픈 사람을
떠올리게 되는 그런 날. 기막힌 아름다움을 뚫고 생각난 사람이 있
다면 그 사람은 정말 각별한 사람일 거야. 정신을 마비시킬 정도로
엄청난 풍경을 눈앞에 두고도 떠오르는 단 한 사람이라면.

여행자가 돼버린 여행자

떠나고 떠나도 다 채우지 못하고 돌아왔다.

다음에 떠날 이유를 남겨두었는지도 모른다.

갔던 곳에 익숙하게 다시 서봐도 나는 늘 낯선자다.

살지 않기에 사는 것처럼 다녀가기만 해서 도무지 뿌리를 내릴 수

없기 때문일 거다.

나는 별수 없이 여행자다.

비비고 등 붙이고 사는 집인들 뿌리를 내릴 수 있을까.

이 넓은 세상에 내 마음처럼 편한 작은 땅에 방 한 칸 마련했건만

이것이 정작 내 것일까.

잠시 방문했다가 떠나는 곳들 중 집은 좀 길게 머무는

마음이 다른 데보다는 숨김이 없어도 되는 곳일 뿐.

집 역시 장기투숙자처럼 지내지만 언젠가 떠나야 할 곳이다.

나는 안다.

사람이 공기와 같아야 한다는 것을.

드문드문 내리고 올라탈 정거장을 마련하지만

사람은 투명인으로 외롭게 섞여 산다는 것을.

새로이 자라난 싹을 보며 왜 이곳에서 시작했을까를 물어본다.

이상하다.

바람의 미동도 없이 마음에 성큼 쪽지가 날아든다.

시작하기 위함이 아니라 끝내기 위함이라고.

어쩌면 다음을 가기 위해 잠시 머무는 곳이라고 답을 전해온다.

돌아온 자리에서 늘 떠나는 걸 떠올렸던 나처럼.

여자는 이유 없이
여행을 떠나지 않는다

글·사진 허미경
표지 디자인 박진범
발행일 2017년 9월 25일 초판 1쇄
발행처 다반 발행인 노승현 출판등록 제2011-08호(2011년 1월 20일)
주소 서울특별시 금천구 가산디지털1로 196 1003호(가산동, 에이스테크노타워 10차)
전화 02) 868-4979 팩스 02) 868-4978

이메일 davanbook@naver.com
홈페이지 http://davanbook.modoo.at
블로그 blog.naver.com/davanbook
페이스북 www.facebook.com/davanbook

ISBN 979-11-85264-20-2 03810

다반 - 일상의 책